KB075431

국어 교과서 작품 읽기
중3 소설

국어 교과서 작품 읽기: 중3 소설

전면 개정판 1쇄 발행 • 2019년 12월 13일
전면 개정판 6쇄 발행 • 2021년 2월 6일

엮은이 • 서덕희 최은영
펴낸이 • 강일우
책임편집 • 정편집실
조판 • P.E.N.
펴낸곳 • (주)창비
등록 • 1986년 8월 5일 제85호
주소 • 10881 경기도 파주시 회동길 184
전화 • 031-955-3333
팩시밀리 • 영업 031-955-3399 편집 031-955-3400
홈페이지 • www.changbi.com
전자우편 • ya@changbi.com

국어 교과서 작품 읽기

중3 소설

서덕희·최은영 엮음

창비

'국어 교과서 작품 읽기' 전면 개정판을 펴내며

우리는 학교에서 여러 과목을 공부합니다. 과목마다 학습 방법도 재미도 다르지만, 한 가지 공통점이 있다면 모두 우리말, 우리글로 이루어진다는 점입니다. 달리 말해 국어 공부가 바탕이 되지 않으면 다른 과목이 더 어렵게 느껴질 수도 있지요. 더욱이 국어는 학교에서 배워야 하는 공부의 대상일 뿐 아니라 우리 삶 곳곳에서 쓰이는 소통의 도구입니다. 따라서 국어를 익히는 과정은 세상과 소통하는 법을 배우며 한 인간으로서 성장하는 과정이기도 합니다.

'국어 교과서 작품 읽기'는 2010년 출간된 이래 수많은 학생들과 학부모, 선생님들에게 큰 관심과 사랑을 받아 왔습니다. 이전까지 한 권이던 국정 국어 교과서에서 여러 권의 검성 국어 교과서로 바뀌면서 나오기 시작한 '국어 교과서 작품 읽기'는 변화된 교육 과정에 발맞추어 다종의 국어 교과서에 실린 문학 작품을 갈래별로 가려 뽑아 재구성해 다채로운 작품을 접할 수 있게 한 시리즈입니다. 초판 이후 2013년부터 새로운 교육 과정에 맞추어 개정판을 냈으며, 이번에 다시 한번 개정된 교육 과정에 맞추어 2020년 새 국어 교과서 9종에 대비하는 '전면 개정판'을 내게 되었습니다.

2018년부터 시행되고 있는 '2015 개정 교육 과정'은 학생이 자신과 세계를 이해하고 공동체의 구성원으로 소통하는 법을 배울 수 있도록 국어 교과 역량을 기르는 것을 강조합니다. 즉 비판적·창의적 사고 역량, 자료·정보 활용 역량, 의사소통 역량, 공동체·대인 관계 역량, 문화 향유 역량, 자기 성찰·계발 역량 등을 키우는 일이 중요해집니다. 이를 위해 과목을 넘나드는 창의 융합 활동이 제시되고, 학습량을 20퍼센트 가까이 줄이는 대신 학습의 질을 높였습니다. 국어 교과서에서도 문학 작품을 인문, 과학 영역과 접목해 통합적으로 읽고 생각하기를 권장하고 있습니다.

이번 '국어 교과서 작품 읽기'는 이처럼 문학 작품 독해의 질을 높이고 국어 능력을 강조하는 교육 과정의 큰 변화에 발맞추어 전면 개정한 것입니다. 이 시리즈는 문학 작품을 읽어 가면서 느낀 재미와 감동을 확인하고 생각하는 힘을 기르는 데 도움을 줄 것입니다.

누구나 소설을 읽으면서 기쁨, 슬픔, 아쉬움, 안타까움 등의 감정을 느낀 경험이 있을 것입니다. 우리는 소설 속 인물의 처지와 상황에 공감하기도 하고, 작가가 전하는 이야기에 귀를 기울이기도 하고, 때로는 사건을 따라가며 궁금한 점을 떠올리기도 합니다. 또한 작품을 통해 내가 직접 경험할 수 없는 사회와 문화를 접하면서 당시 사회의 모습을 살펴보기도 하고, 나의 생활과 비교하여 생각해 보기도 합니다.

소설을 깊이 있게 감상하기 위해서는 작품이 창작되던 시기나 작품의 배경이 되는 사회문화적 상황을 고려하여 읽어야 합니다. 당시의 사회를 배경으로 한 인물의 이야기에는 그 시대를 살았던 사람들의 삶의 모습이 담겨 있기 때문입니다. 소설 속에 그려진 현실의 모습과 오늘날의 모습을 비교하여 생각해 보거나, 자신의 현재 상황에서 작품이 전하는 의미를 되짚어 보는 것도 중요합니다. 또한 작품 창작 당시에 가치 있었던 것들이 현재에 와서 어떻게 변화했는지 생각해 보는 것도 작품을 폭넓게 이해하는 방법이 될 수 있습니다.

소설 속에는 내가 살아 보지 않았던 시대, 내가 해 보지 않은 색다른 경험, 역사에 대한 지식만으로는 알 수 없는 숨겨진 사건을 배경으로, 나와 다른 혹은 나와 다르지 않은 사람들의 이야기가 펼쳐집니다. 우리는 이러한 이야기를 읽는 것만으로도 마치 그 시대나 장소를 여행하는 것 같은 생생함을 느낄 수 있습니다. 소설 속 인물의 삶을 통해서 나를 되돌아보는 기회를 가질 수도 있고, 소설 속 이야기에서 현재를 살아가는 의미를 새롭게 발견할 수도 있습니다. 각기 다른 시대의 모습을 반영한 다양한 사건이 인물들의 구체적인 삶을 통해서 여러분 앞에 펼쳐질 것입니다.

이 책은 현장에서 아이들과 국어 수업을 하는 엮은이 선생님들이 9종의 국어 교과서에 실린 소설을 꼼꼼하게 읽은 뒤 현대소설 6편, 고전소설 2편을 선별하여 엮은 것입니다. 선정된 작품은 '개정 교육 과정'의 성취 기준을 염두에 두고 엮었습니다. 작품의 앞에는 작가에 대한 간단한 설명과 작품을 읽기 전에 친숙하게 다가가도록 안내하는 짧은 글을 실었습니다. 작품을 다 읽고 난 후에는 기본 줄거리를 파악해 보고, 자신의 삶에 적용해 보고, 현실의 문제와 연결 지어 생각해 보게 하는 다양한 활동을 수록했습니다. 책의 내용을 바탕으로 정답을 찾는 활동도 있지만, 여러분이 느낀 다양한 감상을 펼칠 수 있는 활동에 중점을 두었습니다. 먼저 즐겁게 작품을 읽은 후, 적극적인 태도로 활동에 참여해 보세요. 점수와 정답에 얽매이지 않는 활동을 통해서 소설을 읽는 진정한 의미를 깨닫길 바랍니다.

자, 이제 작품 속 다양한 인물의 삶을 따라가며 새로운 세계로 한 걸음 나아가 봅시다. 그다음에는 작품 속 인물의 삶을 통해 작가가 말하고자 하는 의도를 파악해 봅시다. 이러한 읽기 과정을 통해 국어 공부에 대한 즐거움도 얻고, 덤으로 작품을 깊이 있게 이해하는 능력까지 키울 수 있을 것입니다.

2019년 12월
서덕희 최은영

차례

• '국어 교과서 작품 읽기' 전면 개정판을 펴내며 — 4

• 황정은 —— 초코맨의 사회   11

• 양귀자 —— 길모퉁이에서 만난 사람   19

• 조정래 —— 마술의 손   35

• 최일남 —— 노새 두 마리   73

• 전광용 — 꺼삐딴 리   107

• 하근찬 — 수난 이대   157

• 박지원 — 허생전   183

• 지은이 모름 — 박씨전   209

• 작품 출처 – 238   • 수록 교과서 보기 – 239

일러두기

1. '2015 개정 교육 과정'에 따른 중학교 검정 교과서 9종 『국어』 3-1, 3-2에 수록된 소설 중에서 8편을 가려 뽑았습니다.
2. 작품이 수록된 단행본을 원본으로 삼았습니다.
3. 표기는 원문에 충실히 따르는 것을 원칙으로 하되 맞춤법과 띄어쓰기는 최대한 현행 표기법을 따랐습니다.
4. 한자는 모두 한글로 바꾸고 꼭 필요한 경우에만 괄호 안에 넣었습니다.
5. 낱말풀이를 달았습니다.
6. 활동의 예시 답안은 창비 홈페이지(www.changbi.com)의 '창비어린이—어린이/청소년 독서활동—심화자료실'에 있습니다.

초코맨의 사회

황정은

황정은

소설가. 1976년 서울에서 태어났다. 2005년 경향신문 신춘문예에 단편소설 「마더」가 당선되어 등단했다. 소설집 『일곱시 삼십이분 코끼리열차』 『파씨의 입문』 『아무도 아닌』, 연작소설 『디디의 우산』 등을 펴냈으며, 장편소설 『백(百)의 그림자』 『야만적인 앨리스씨』 『계속해보겠습니다』 등이 있다.

읽기 전에 ·····························

자기소개서의 줄임말 '자소서'를 간혹 '자소설'이라고 부르기도 합니다. 자신을 조금이라도 돋보이게 하려면 '소설'처럼 꾸며 써야 한다는 냉소적 표현이지요. 이 말에는 본래 자신의 모습을 감추고 사회가 원하는 모습에 맞추려는 노력에 대한 서글픔도 담겨 있습니다. 과연 개성적인 나를 버리고 조직 집단에 맞춤한 사람으로 살아야만 성공할 수 있는 걸까요? 사회가 원하는 대로 성실하게 스펙을 쌓아 나가던 'C'가 당신에게 묻습니다. "어떻게 생각해?"

C는 최근 몇 년 동안 열심히 노력한 끝에 초코맨이 되었다. 카카오의 함량은 팔십육 퍼센트 정도로, 일반적으로 도달하는 함량이 오십육 퍼센트쯤이라는 것을 고려했을 때, C의 노력이 상당했다는 것은 의심할 여지가 없었다. C는 자부심을 가지고 정식 초코맨 이력서를 여기저기 넣어 보았지만, 어디서도 흔쾌히 초코맨을 고용하려 들지 않았다.

기껏 초코가 되었건만, 시대의 흐름이 바뀌어 치즈맨에 대한 선호도가 훨씬 높았던 것이었다.

—글쎄요, 요즘은 치즈가 대세 아닌가요.

라거나,

—초콜릿이라는 것은 아무래도 먹고 나서 뒷맛이 구린 점도 있고.

라는 식의, 노골적인 평가를 듣고 떨어질 뿐이었다.

—그게 말이 되냐고.

C가 나를 보러 와서 말했다.

—내 말은, 구린 것으로 따지자면, 치즈가 훨씬 더하지 않느냐는 말이야.

어쨌거나 치즈맨이 되지 않고서는 가망이 없겠다고 생각한

C는 관련 육성 기관에 거금을 내고 전문적인 트레이닝을 받기 시작했다. '속성으로 숙성 B코스'였다. 이른바 초코맨의 재사 회화라는 과정이었다. 이것이 얼마나 어려웠을지 나로선 짐작할 수가 없었다. 어엿한 초코맨이 되기까지도 몇 년이 걸렸는데, 이제 치즈맨이 되기 위해 전혀 다른 과정을 억세게 밟아야했던 것이었다. 초콜릿과 치즈의 구조가 완전히 다르다는 것을 이해하는 사람이라면 내 말이 무슨 뜻인지 알 것이다.

C는 일 년에 걸친 각고의 노력 끝에 마침내 치즈맨으로 재사 회화되었다.

그러나 그사이 이 시대의 흐름은 다시 바뀌어서, 복고의 바람을 타고 초코가 대세가 되어 있었다는 이야기였다.

─어떡할 거냐고!

C는 카망베르 계열로 훌륭하게 숙성된 얼굴을 감싸고 외쳤다. 새로운 면접관들에 따르면, 초코가 집중도 면에서 훨씬 뛰어나고, 일 처리도 세련되기 때문에 업무 능률이 좋다는 것이었다. 거기다 알맞게 딱딱해서, 별다른 도구 없이도 깔끔하게 부러뜨릴 수 있다는 점마저 매력으로 어필이 되는 듯했다.

─어떻게 생각해, 응?

C가 말했다. 나는 뭘 어떻게 생각하느냐고 물었다.

─이대로 다시 흐름이 바뀌길 기다려 볼까, 아니면 다시 초코맨으로, 응?

─다시 초코맨이라니.

─다시 한번 트레이닝이라는 거지, 뭐.

어떻게 생각해,라고 C는 거듭 묻고 있었지만, 나는 나중에 원망을 들을까 봐 어느 쪽으로도 대답을 줄 수가 없었다. 그런 시대인 것이었다.

〔2008〕

1 '초콜릿'과 '치즈'를 다음과 같이 정의할 때, 이 소설에서 '초코맨'과 '치즈맨'은 각각 어떤 인간상을 상징하는지 적어 보자.

초콜릿	치즈
• 달달해서 순간적인 에너지 충전에 좋다. • 향이 강해서 다른 요리와 섞어 먹지는 않는다. • 알맞게 딱딱해서 깔끔하게 쪼개 먹기 편하다.	• 짭짤하고 고소하며 철분을 함유하고 있다. • 음식의 매운맛을 부드럽게 감싸 준다. • 실온에서는 녹고 상하기 쉬우므로 냉장 보관해야 한다.
⬇	⬇
초코맨	치즈맨

2 이 소설의 마지막 문장 "그런 시대인 것이었다."에서 '그런 시대'가 의미하는 바를 한 가지 이상 말해 보자.

예시 발전 속도가 너무 빨라서 따라잡기 어려운 시대

• _____
• _____
• _____

3 다음과 같은 C의 물음에 나라면 어떻게 대답할지 생각해 보고 그 이유를 써 보자.

> — 어떻게 생각해, 응?
> C가 말했다. 나는 뭘 어떻게 생각하느냐고 물었다.
> — 이대로 다시 흐름이 바뀌길 기다려 볼까, 아니면 다시 초코맨으로,
> 응?

길모퉁이에서 만난 사람

양귀자

양귀자

소설가. 1955년 전라북도 전주에서 태어났고 원광대학교 국문학과를 졸업했다. 1978년 단편소설 「다시 시작하는 아침」 「이미 닫힌 문」으로 『문학사상』 신인상을 수상하며 등단했다. 소설집 『원미동 사람들』 『길모퉁이에서 만난 사람』 『슬픔도 힘이 된다』 『지구를 색칠하는 페인트공』 등을 펴냈으며, 장편소설 『희망』 『나는 소망한다 내게 금지된 것을』 『천 년의 사랑』 『모순』 등이 있다.

읽기 전에 ....

여러분은 단골집이 있나요? '단골집' 하니까 조금 멀어도 자주 찾는 만두 가게가 떠릅니다. 가격은 다른 가게랑 별 차이가 없는데도 맛이 기가 막힌 이유를 곰곰이 생각해 보니, 그곳에는 한결같이 신선한 재료로 정성스레 만두를 빚어내는 사장님이 계시네요. 한마디로 단골집은 믿을 만한 사람이 있는 곳입니다. 물건 그 자체가 주는 행복은 금세 사라지지만, 신뢰할 만한 사람이 주는 만족감은 오래갑니다. 여러분이 늘 찾는 단골집에는 누가 있나요? 여러분은 누군가에게 단골이 되어 주고 있나요?

우리 동네 예술가 두 사람

북한산 자락에 둘러싸여서 사시사철 웅장한 자연의 작품을 감상하며 살 수 있는 우리 동네에 오면 예술인들을 많이 만날 수 있다. 우선은 미술관이 두 개나 있어서 자연˚ 화가들이 자주 모이고 그림을 좋아하는 미술 애호가˚들의 발길도 잦다.

그런가 하면 소설가나 시인들도 여러 명 이 동네에 주민 등록을 얹어 놓고 있다. 자리를 잡고 살고 있는 그들이 얼마나 동네 예찬론˚을 폈는지 앞으로 이 동네로 이사 오겠다고 마음먹고 있는 소설가나 시인도 부지기수˚이다.

그 밖에도 음악이나 방송, 혹은 언론에 종사하는 사람들도 가끔씩 만나게 되는데 나로서는 그들이 근방에 사는 사람들인지, 아니면 방문객들인지는 알 도리가 없다. 다만 다른 곳에 비해서 예술인이라 부를 수 있는 사람들과 자주 부딪치게 되

˚ 자연 자연히. 사람의 의도적인 행위 없이 저절로.
˚ 애호가 어떤 사물을 사랑하고 좋아하는 사람.
˚ 예찬론 무엇이 훌륭하거나 좋거나 아름답다고 찬양하는 견해.
˚ 부지기수 헤아릴 수가 없을 만큼 많음. 또는 그렇게 많은 수효.

는 것만은 사실이다.

　우리 동네의 또 하나의 특색은 규모가 작은 카페들이 아주 많다는 것이다. 그래서 흔히 동네 앞 큰길을 우리는 '카페거리'라고 부른다. 일일이 세어 보지 않아서 장담은 못 하지만 적어도 수십 개에 이르는 작고 아담한 카페들이 길 양쪽에 늘어서 있고, 각각 내걸고 있는 상호들은 또 얼마나 예술적인지 카페 간판들을 죽 읽다 보면 흡사 한 편의 서정시를 감상하는 기분이 되곤 한다.

　그곳을 자주 찾는 글 동네 선배 말씀에 의하면 이들 카페의 주 고객들은 거의가 '쟁이'라고 했다. 일부러 먼 곳에서 찾아오는 '쟁이'와 근처의 '쟁이'들로 밤마다 북적거리는데 그 외에도 술 좋아하는 대학교수들까지 합세해서 그 많은 카페 주인들을 먹여 살린다는 것이었다.

　예술적인 동네 분위기 때문에 카페들이 많이 생겨났는지, 아니면 카페들이 많아서 예술인들이 많이 모이는 것인지, 그 앞뒤 연결 사항은 나도 잘 모르는 일이다. 하지만 이곳 카페들이 술 좋아하는 빈약한 주머니 사정의 '쟁이'들을 넉넉하게 포용하고 있는 것을 보면 퇴폐와 환락으로 눈살을 찌푸리게 하는 여느 술집들과는 여러모로 다르다는 것은 분명한 사실이다. 우리 동네에서는 카페조차 예술적인 것이다.

　이제까지 나는 우리 동네의 예술적 분위기에 대하여 긴 설명을 했다. 물론 끝없는 자기 극복과 한없는 자기 단련으로 고통의 창조 작업을 하고 있는 예술인들이 많이 모인다는 이야기도 했다.

하지만 내가 하고자 하는 '예술가' 이야기는 지금부터가 시작이다. 나는 내게 감동을 준 두 명의 예술가들에 관해 말하려고 여태까지 긴 서두를 펼치고 있었던 셈이다. 이 두 명의 예술가들이 만드는 작품은 어떤 것이고, 또 그들은 어떤 생활을 하고 있는지에 대해서는 지금부터의 이야기가 말해 줄 것이다. 그 전에 한 가지 미리 말해 두는 바이지만, 이 두 사람의 예술가들을 보고 싶다면 언제라도 우리 동네에 오면 된다. 그들은 이 동네의 한가운데에서 매일같이 성실하고 끈질기게 자신의 진지한 '예술'에 몰두해 있으니까.

우선 그 첫 번째 예술가.

그이는 늘 흰 가운을 입고 있다. 그리고 여자이다. 이렇게 말하면 여류 조각가를 상상할지도 모르겠다. 아니 그 짐작이 맞을지도 모른다. 그이가 빚어내는 작품도 일종의 조각이라면 조각일 수도 있다.

그이는 매일 아침 9시에 일터로 나와서 다시 저녁 9시가 되면 가운을 벗고 집으로 돌아간다. 일터에서의 그이는 다소 무뚝뚝하고 뻣뻣하다. 남하고 싱거운 소리를 나누는 일도 거의 없다. 잘 웃지도 않는다. 오히려 늘 화를 내고 있는 것처럼 보이기도 한다.

그런 얼굴로 그이는 늘 일을 하고 있다. 그이가 만드는 작품은 불타나게 팔리고 있으므로 하기야 쉴 틈도 많지 않다. 묵묵히 일만 하고 있는 그이를 우리는 '김밥 아줌마'라고 부른다. 따라서 그이가 만드는 작품은 자연히 김밥이라는 이름을 가지고 있다. 하지만 그이의 김밥은 보통의 김밥과는 아주 다르다. 언제 먹어도 그이만이 낼 수 있는 담백하고 구수한 맛이 사람을 끌어당긴다. 그이의 김밥은 절대 맛을 속이지 않는다.

김밥 아줌마는 작품을 만들 때 사람들이 보고 있으면 막 화를 낸다. 누군가 쳐다보면 마음이 흔들려서 실패작만 나온다는 것이다. 김밥을 말고 있을 때는 누가 무슨 말을 해도 들은 척을 하지 않는다. 한 번 더 말을 시키면 여지없이 성질을 내며 일손을 놓아 버린다. 그이는 파는 일엔 전혀 관심이 없고 오직 김밥을 만드는 그 행위에만 몰두해 있는 사람처럼 보인다.

언젠가 나도 무심히 김밥 마는 것을 구경하고 있다가 당했다. 쳐다보고 있으니까 김밥 옆구리가 터지는 실수를 다 한다고 신경질을 내는 그이가 무서워서 주문한 김밥을 싸는 동안 멀찌감치 떨어져 있었다. 그러나 집에 돌아와서 먹어 본 김밥은 그이에게 당한 것쯤이야 까맣게 잊어버리고도 남을 만큼 그 맛이 환상적이었다. 그 김밥은 돈 몇 푼의 이익을 위해 말아진 그런 김밥이 아니었다. 나는 그래서 그이의 김밥을 서슴지 않고 '작품'이라 부른다.

그 두 번째 예술가.

그는 이제 막 오십 고개를 넘은 남자이다. 하루도 빠짐없이 머리에 얹어 놓고 있는 빵떡모자˚와 아직은 듬직한 몸체, 그리고 늘 웃는 얼굴의 그이는 일 년 열두 달 거의 빠짐없이 하루에 두 차례씩 내가 사는 연립 주택의 마당에 나타난다. 자식들의 결혼 날이거나 아니면 길이 꽁꽁 얼어붙어 오르막인 이곳까지 트럭이 못 올라오는 한겨울 며칠을 제외하면 오전 10시 무렵과 오후 4시경에는 어김없이 주홍 휘장*을 두른 그의 트럭을 볼 수가 있다.

그가 등장하는 모습은 언제나 일정하다. 먼저 귀에 익은 바퀴 구르는 소리와 함께 그가 운전하는 주홍 트럭이 언덕배기를 올라온다. 차를 세운 다음에는 얼른 확성기를 들고 운전석에서 뛰어내린다. 빵떡모자를 쓴 그는 확성기에 대고 자신이 심혈을 기울여 골라 온 물건의 이름을 하나하나 부른다. 양파나 버섯 있어요. 싱싱한 오이와 배추도 있어요. 엄청 달고 맛있는 복숭아나 포도 있어요…….

그다음엔 그를 기다리고 있던 이웃들이 하나씩 둘씩 모여드는 것이다. 언덕배기를 내려가서 또 버스를 타고 가야 이웃 동네의 시장이 나오는지라 이웃들은 대부분 그에게서 필요한 먹거리들을 사고 있다. 게다가 뜨내기 행상* 트럭도 아니고 고정적으로 드나드는 단골인지라 물건만큼은 믿고 사도 좋았다.

하기야 그에게는 자신의 트럭 위에 있는 온갖 야채와 과일이 국내 최고라는 자신이 차고도 넘친다. 최고의 품질만을 고집

• 빵떡모자 빵모자. 차양이 없이 동글납작하게 생긴 모자.
• 휘장 천을 여러 폭으로 이어서 빙 둘러치는 장막.
• 행상 이리저리 돌아다니며 물건을 파는 일. 또는 그런 일을 하는 사람.

하고 있다는 장사에 대한 그의 소신*은 실제에 있어서도 과히 틀린 바는 없다. 그는 오이 하나를 사는 손님일지라도 이 오이의 산지는 어디이고 도매가격은 또 얼마나 높은 최상품인가를 일일이 설명하느라고 늘 입이 쉴 새가 없다.

그뿐이 아니다. 지난번에 사 간 그 고구마가 과연 꿀맛이었는지, 엊그제 사 간 배추로 담근 김치가 연하고 사근사근한지도 고객들한테 끊임없이 확인한다. 그런 과정에서 행여 고객의 불만이 포착되기라도 하면 그는 아예 장사고 뭐고 없이 그것의 규명*에만 매달린다. 그 고구마가 달지 않은 것은 삶는 방법에 문제가 있었는지 아니면 그런 고구마를 도매 시장에서 떼 온 자신의 안목이 모자라서였는지를 속 시원하게 판가름하지 않으면 직성이 안 풀리는 사람이 바로 주홍 트럭의 주인인 빵떡모자 아저씨인 것이다.

그는 자신이 파는 물건이 최고라는 소리를 듣기 위해서 트럭 행상을 하는 사람처럼 보인다. 손님이 없을 때는 늘 자신의 물건들을 정리하고 다듬는 일에 몰두해 있는 사람이고 호박 한 개를 집을 때도 두 손으로 조심조심 그것을 받들어 올린다. 그는 자기가 팔고 있는 쑥갓이나 양파에 대해 이야기하기를 좋아한다. 나는 그가 다른 화제를 입 밖에 올리는 것을 본 적이 없다. 그는 언제나 마늘이나 포도, 쪽파나 무에 대해서 이야기

한다. 그것들이 왜 좋은 물건인지에 대해서만 이야기한다. 가령 이런 식이다.

"이 마늘 보세요. 어느 한 군데도 흠이 없잖아요. 요렇게 불그스름하고 중간짜리가 상품이지요. 그리고 요 반듯반듯하게 파인 줄을 보세요. 이런 것은 짜개면 어김없이 여덟 쪽이지요. 이보다 더 좋은 마늘 파는 사람 있으면 어디 나와 보라고 하세요. 정말이에요. 그런 사람이 나 말고 또 있다면, 만약 그렇다면 나 그날로 이 장사 집어치울 거예요. 아니, 정말 그렇게 한다니까요."

내가 보기에는 만약 그런 사람이 나타나면 장사를 집어치우는 것으로 끝낼 그가 결코 아니다. 아마 그 이상의 불행한 일이 일어날지도 모른다. 세상에서 예술가들만큼 자존심이 센 사람은 없으니까. 그리고 최고의 가치만을 추구하는 주홍 트럭의 그는 분명 예술가임이 틀림없으니까.

긴데요,의 김대호 씨

김대호 씨는 느리고 길다. 그를 아는 사람이라면 나의 이 간결한 인물 묘사에 대해 단숨에 동의할 것이다. 나는 그것을 믿는다. 왜냐하면 그처럼 길고 느린 사람은 아직까지 만나 본 적이 없으니까. 김대호 씨는 도대체가 빠릿빠릿한 구석이 전혀 없다. 아무리 급한 일이 생겨도 김대호 씨 특유의 느릿느릿한 걸음에 속력이 붙는 것을 기대할 수 없다. 거기에 대해서 그는 아주 그럴싸한 이유를 가지고 있다.

"그래 봤자 마찬가지니까요, 저는 다리가 길잖아요. 남들 두 걸음 걸을 때 한 발자국만 옮기면 되는데 뭐 할라고 귀찮게 뛰고 그런대요."

그의 말도 틀린 것은 아니다. 그는 자그마치 1미터 86센티미터의 키를 가지고 있으니 보폭도 그만큼 넓은 게 사실이다. 김대호 씨는 하도 길어서 어지간한 사람은 그하고 이야기하다 보면 목 부근에 통증을 느끼기 십상이다. 키가 크다 보니 신체의 여러 부분도 남들보다 유별나게 길다. 얼굴도 길고, 코도 길고, 손가락도 길다. 김대호 씨는 팔도 길어서 남들은 옆 책상에서 무엇을 집어 오려면 일어나야 하는데도 그는 앉은 채 팔만 뻗으면 대부분 가능하다. 그뿐만 아니라 김대호 씨는 말도 아주 느릿느릿, 말꼬리를 길게 빼는 버릇을 가지고 있다. 성질 급한 누구는 김대호 씨의 말을 듣다 답답해서 혈압이 올랐다는 소문도 있고, 실제로 어떤 친구는 한숨씩 자고 일어나서 들어도 김대호 씨의 말을 이해하는 데는 아무런 지장이 없더라는 실험 보고까지 하고 있는 실정이다.

그는 자신이 길다는 것을 아주 잘 안다. 그래서 하루에도 몇 번씩 "제가 긴데요."라고 말하는지도 모른다. 정말이다, 그는 늘 그렇게 말한다.

전화벨이 울린다. 김대호 씨가 전화를 받는다. 그러면 사무실 내의 모든 눈이 그에게 쏠린다. 전화를 건 사람은 아마도 김대호 씨를 바꿔 달라고 하는 모양이다. 그러면 그는 그 특유의 느릿느릿한 말투로 이렇게 말한다.

"제가 긴데요."

그러면 모두들 웃음을 참지 못하고 킥킥거리지 않을 수 없는 것이다. 행여라도 전화를 건 상대방이 못 알아듣고 다시 묻기라도 하면 이번엔 더욱 느린 박자로 또박또박 대답을 해 준다.

"제가 긴, 데, 요."

그래서 김대호 씨를 사람들은 아예 '긴데요'라고 부른다. 그의 별명은 김대호 씨가 속한 사무실만이 아니라 회사 전체에 널리 퍼져 있어서 언제부턴가는 아무도 그의 진짜 이름을 부르지 않게 되어 버렸다.

물론 그를 별명으로 부르는 데 어떤 악의가 있는 것은 결코 아니었다. 오히려 그렇게 스스럼없이 별명이 통하는 것만 보아도 김대호 씨의 대인 관계가 아주 원만한 편이라는 것을 능히 짐작할 수가 있다. 사실로 그는 키가 큰 만큼 이해의 길이도 길고, 느리고 낙천적인 만큼 주위 사람들을 편하게 해 주는 품성을 지니고 있었다.

그의 미덕은 품성에만 있는 게 아니었다. 좀 느리기는 하지만 그는 맡은 일만큼은 빈틈없이 해내는 사람이었다. 덤벙거리지 않으니 실수도 없고, 진득한* 성격이라 잔꾀를 부릴 줄도 몰라 일에 하자*를 내는 경우가 거의 없었다. 말하자면 사람들

• 진득하다 성질이나 행동이 질기고 끈기가 있다.

은 김대호 씨를 사랑하고 있는 셈이었다.

그래서 그를 아끼는 몇몇 사람은 요즘 김대호 씨에게 이런 충고까지 하고 있었다.

"긴데요 씨, 장가를 가고 싶으면 우선 그 느린 말투부터 고쳐요. 아니, 제가 긴데요, 하는 전화 받는 말버릇부터 고치자고. 지난번에도 겨우 아가씨 하나 소개시켜 주었더니 긴데요, 때문에 어긋나고 말았잖아. 뭐라더라, 전화 받는 것만 보아도 얼마나 촌스러운 사람인지 당장 알겠다나? 그 느려 터진 말로 제가 긴데요라니, 그게 뭡니까? 그래 가지고 뭐가 되겠습니까?"

요즘 유행하는 누구의 말씨까지 흉내 낸 그 충고는 노총각인 김대호 씨에게 상당한 설득력을 발휘한 모양이었다. 그는 아주 심각한 얼굴로 고개를 끄덕였다. 그러고는 혼자 웅얼웅얼 연습도 여러 번 했다. 천성이 느린 사람이라 그것도 연습이라고 며칠을 웅얼거리더니 마침내 어느 날, 오늘부터는 긴데요가 아니라 김대호로 돌아오겠다고 선언을 하기에 이르렀다.

그리고 그날 그를 찾는 첫 전화가 걸려 왔다. 사무실 식구들은 모두 그의 입에서 터져 나올 세련된 말을 기대하며 귀를 모았다.

김대호 씨는 큰기침을 하고 수화기를 들었다. 전화를 건 상대방은 아마 이렇게 물었을 것이었다.

• 하자 옥의 얼룩진 흔적이라는 뜻으로, '흠'을 이르는 말.

"김대호 씨 좀 부탁합니다."

그러나 그는 많은 연습에도 불구하고 얼결에 이렇게 대답하고 말았다.

"네, 제가, 전데요."

물론 사무실 안은 당장에 웃음바다가 되었고, 그 일로 김대호 씨는 '긴데요'에 이어 '제가 전데요'라는 긴 별명까지 하나 더 가지게 되었다. 그는 그 한 번의 실패를 끝으로 더 이상 '긴데요'를 고치려는 시도를 하지 않았다.

"에이, 저는 아무래도 긴데요가 더 어울려요. 사실로도 저는 길잖아요."

정말이다. 그는 길다. 그리고 느리기도 하다. 진실을 말하자면 우리 옆에 이렇게 길고도 느린 사람이 존재하는 것도 행복한 일인 것이다. 요즘처럼 정신없이 핑핑 돌아가는 혼 빠진 세상에서는. 그래서 우리의 김대호 씨는 오늘도 걸려 오는 전화에 대고 그 느릿느릿한 말투로 여전히 이렇게 말하고 있다.

"제가 긴데요……."

〔1993〕

1 등장인물 저마다의 특징을 알아보고, 그들의 공통점을 찾아보자.

구분 등장인물	특징	공통점
김밥 아줌마		
빵떡모자 아저씨	• 성실하고 한결같다. • 야채와 과일을 고르는 안목이 있다. • 자신이 파는 물건에 자부심이 있다.	
김대호 씨		

2 단골집 사장님, 친구, 이웃 등 내가 길모퉁이에서 만난 사람을 떠올려 보고 그 사람의 특징을 잘 살려 소개해 보자.

_____

_____

_____

_____

_____

3 자주 찾는 단골 가게나 웹사이트를 SNS에 추천하는 글을 써 보자.

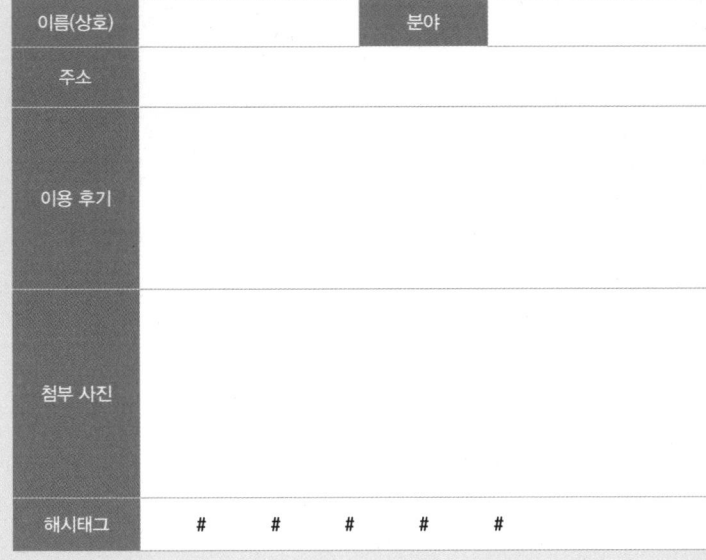

이름(상호)		분야	
주소			
이용 후기			
첨부 사진			
해시태그	# # # # #		

마술의 손

조정래

조정래

소설가. 1943년 전라남도 승주(순천)에서 태어났고 동국대학교 국문학과를 졸업했다. 1970년 『현대문학』에 단편소설 「누명」이 추천되어 등단했다. 주요 작품으로 「청산댁」「유형의 땅」「인간의 문」「박토의 혼」 등의 중편소설과 장편 『태백산맥』『아리랑』『한강』『천년의 질문』 등이 있다.

읽기 전에 ●●●●●●●●●●●●●●●●●●●●●●●●●●●●

새로운 기기를 구입했거나 새로 출시된 게임에 접속했을 때, 시간이 가는 줄도 모르고 그것에 흠뻑 빠져 본 경험이 있나요? 지금은 집집마다 흔히 볼 수 있어 존재감이 없고 다른 볼거리가 많아 이용 시간이 눈에 띄게 줄었지만, 텔레비전이 처음 안방극장을 만들어 주던 시절에 그 인기는 지금의 컴퓨터나 스마트폰 못지않았습니다. 여기, 작은 시골 마을에 전기가 들어오고 텔레비전이 등장하면서 급격한 변화를 경험한 마을 사람들의 이야기가 있습니다. 현대 문명의 발달로 인간의 삶이 어떻게 달라지는지 작품 속 사건을 파악하며 살펴봅시다.

설마설마했던 소문은 설마가 아니었다. 참말로 전기가 들어오게 된 것이다. 밤골의 밤이 대낮처럼 밝아질 날이 현실로 다가온 것이다.

　집 한 채는 거뜬히 싣고 달릴 수 있을 만큼 큰 '도라꾸'가 마을로 밀려들 때까지만 해도 사람들은 그 차에 별다른 관심을 보이지 않았다. 그 차가 꼬마들의 눈길이나마 끌 수 있었던 것은 그 큰 몸집에 온통 홍시 감 색깔을 칠한 때문이었다.

　그 차는 돌이 울퉁불퉁한 길을 힘겨운 듯 느릿느릿 움직이다가 멈추곤 했다. 멈추었을 땐 둥글고 긴 기둥 같은 것을 하나씩 내려놓았다. 그런데 그 기둥 같은 것은 꼭 그만한 간격에 내려져선 길게 눕는 것이었다.

　꼬마들은 햐아 이상해서 차로 몰려들기 시작했다. 꼬마들은 그 흰빛의 기둥 같은 것이 돌덩어리라는 것을 알았다. 그리고 차에 올라탄 아저씨들이 그것을 내리면서 왜 낑낑 매는지도 알았다.

　"응냐, 응냐 응냐, 응냐……."

• 도라꾸 '트럭'의 일본식 표기.

두 패로 갈라진 아저씨들은 그 돌덩어리 기둥 양쪽에 매달려 짐을 잔뜩 싣고 고갯마루를 오르는 소처럼 숨을 씩씩 불면서도 연신 이런 소리들을 번갈아 가며 내고 있었다.

꼬마들의 궁금증은 뭉게구름처럼 피었다. 저리 무거운 돌덩어리 기둥을 어디에 쓰려는 것일까. 저 기둥에 드문드문 뚫린 조그만 구멍들은 무엇을 하는 걸까. 두 주먹이 다 들어가고 남을 만큼 기둥 밑에 뚫린 동그란 구멍은 또 뭘까.

꼬마들은 잔뜩 긴장한 채 눈알만 잽싸게 굴릴 뿐 누구도 입을 열지 않았다. 이런 때 누가 한마디만 벙긋하면 왁자한 우김질이 시작되련만 워낙 처음 보는 것이라 그것이 어디에 쓰이는 것인지 꼬마들은 도통 실마리를 풀어낼 수가 없었다. 그래서 꼬마들은 차가 움직이면 쪼르륵 그 꽁무니를 쫓았고, 아저씨들이 낑낑대며 돌기둥을 내릴 때면 멀찌감치 서서 넋 놓고 구경을 되풀이했다.

아저씨들이 땀을 훔치며 제각기 담배에 불을 붙였다. 어떤 아저씨는 방금 내려놓은 긴 돌기둥에 걸터앉았다. 꼬마들은 조그맣게 쪼그리고 앉아 그 아저씨들을 말끔히 쳐다보고 있었다.

"니들 이 동네 사니?"

한 아저씨가 담배 연기를 푸우 뿜어내며 꼬마들에게 물었다. 꼬마들은 주춤 일어서다 말고 하나같이 고개를 끄덕였다.

"니들 이게 뭐 하는 건지 알아?"

아저씨가 빙긋 웃으며 물었고, 꼬마들은 금방 밝은 얼굴이 되며 모두 크게 고개를 가로저었다.

"뭐 하는 건지 가르쳐 줄까?"

꼬마들은 더 크게 고개를 끄덕였다. 그러면서 앞으로 조금씩 다가서고 있었다.

"이 사람 또 시작이다. 애들만 보면 그저 싱글벙글이지."

다른 아저씨가 말했고,

"얘들아. 이게 뭐냐면 말야, 전봇대다, 전봇대."

아저씨가 신나는 목소리로 말했다.

"에키, 이 사람아, 쟤들이 전봇대를 어떻게 알아."

다른 아저씨가 나무라듯 말했다.

"그런가……? 니들 전봇대 모르니?"

아저씨의 말에 꼬마들 모두는 함께 고개를 끄덕였다.

"이것 참…… 그럼 전기는 아니? 등잔이나 호롱불 대신 쓰는 대낮처럼 밝은 전기 말야."

아저씨의 말에 꼬마들의 얼굴은 금방 붉게 상기되었고 눈들은 반짝이는 물기를 머금었다. 엄마, 아빠들이 하는 말을 들어 꼬마들은 이미 전기가 무엇인지는 알고 있었다.

"알아요!"

누군가 큰 소리로 외쳤다.

"나도 알아요!"

"전기 다마. 나도 알아요!"

"무지하게 밝은 것, 나도 알아요!"

꼬마들은 제각기 소리쳤다.

"그래, 그래. 그 전기가 니들 동네에 들어오게 됐다. 신나지?"

"야아아."

"와아아."

꼬마들은 외치며 마구 뛰기 시작했다.

전기 가설[*] 공사 소식은 삽시간에 온 동네에 퍼져 나갔다. 누구나 처음엔 설마 했고, 나무가 아닌 시멘트 전신주가 길가에 번듯번듯 누워 있는 것을 보고서야 비로소 감격 어린 안도의 숨을 내쉬게 되었다.

밤골 사람들이 전기가 들어온다는 사실에 하나같이 설마를 앞세웠던 것은 그만큼 여러 차례에 걸쳐 속아 왔기 때문이다. 시꺼먼 그을음이 오르는 석유 등잔 신세를 이제야 면하는가 보다고 잔뜩 벼르다 보면 공염불[*]이 되곤 했었다. 그런 때의 허탈감이란 단순히 기대에 대한 실망이 아니라 그런 약속을 찰떡 먹듯이 한 상대를 향해 내뿜다 지친 원성의 산물이었다. 그들이 전기가 들어오기를 목이 늘어지게 고대했던 것은 그저 밤을 밝게 살고 싶어 했던 얕은 소견머리에서가 아니었다. 어둠침침한 등잔 불빛 아래서 그래도 공부를 하겠다고 코를 들이미는 자식들에게 한시라도 빨리 전등의 그 말끔한 밝음을 주고 싶어 했었다. 그 간절한 소망이 공염불이 되고 말면 자식들에 대한 미안함과 안쓰러움이 무력한 부모라는 죄책감과 함

• 가설 전깃줄이나 전화선, 교량 따위를 공중에 건너질러 설치함.
• 공염불 믿음이 없이 입으로만 외는 헛된 염불. 실천이나 내용이 따르지 않는 주장이나 말을 비유적으로 이르는 말.

께 뒤범벅이 되어 원성으로 바뀌는 것이었다.

밤골 저 앞산 중턱쯤*에 쇠막대로 얼기설기 짜서 만든 무지막지하게 크고 높은 전신주가 선 것은 일정 시대*의 일이었다. 아슴한* 높이로 이어져 나간 전깃줄에는 사람이고 짐승이고 붙기만 하면 시꺼멓게 타 죽을 만큼 센 전기가 흐른다고 했다. 그래서 사람들은 감히 접근을 못 한 채 그 축 늘어진 전깃줄을 빤히 건너다보면서 어두운 밤을 지내야 했다. 그때 사람들은 아무도 밤골에 전기가 들어오지 않는다는 사실에 신경을 쓰지 않았다. 앞산의 전기는 큰 도회지로 간다는 것이었고, 신작로*에서도 산 하나를 넘어야 하는 밤골은 당연히 전기 같은 것은 지나쳐 가는 곳으로 생각해 버렸다.

그런데 해방이라는 것이 되었다. 밤골 사람들에게 해방의 기쁨은 공출*을 안 해도 되는 것으로 확인되었다. 그리고 얼마가 지나서 선거라는 이상야릇한 바람이 불어왔다. 그 선거 바람은 손가락이 일하는 데만 쓰이는 것이 아님을 일깨워 줌과 동시에 사람값을 턱없이 올려놓는 일을 했다. 그러나 정작 밤골 사람들을 들뜨게 만든 것은 따로 있었다. 손가락을 세워 암기한 기호 밑에 붓대롱으로 꾸욱 눌러만 주면* 전기를 끌어 들여

---

* 중턱쯤 중턱께. 산의 중간쯤 되는 곳.
* 일정 시대 일제 강점기.
* 아슴하다 아슴푸레하다. 또렷하게 보이지 않고 희미하다.
* 신작로 자동차가 다닐 수 있을 정도로 넓게 새로 낸 길.
* 공출 일제가 전쟁에 사용할 식량을 확보하기 위하여 농산물을 강제로 거두어 가던 것.
* 붓대롱으로 꾸욱 눌러만 주면 붓뚜껑으로 투표용지에 찍어만 주면.

준다는 것이었다. 이 얼마나 가슴 설레고 기분 들뜨고 황감한°
이야기인가. 그래서 밤골 사람들은 이장이 시키는 대로 줄줄
이 서서 똑같은 기호 밑에다 정성스레 붓대롱을 눌렀다. 그러
면서 또 다른 느낌으로 역시 해방이 좋다는 것을 실감했고, 그
밝은 전등 불빛 아래 온 식구가 오순도순 모여 앉은 광경을 연
상하며 기분이 달떴다.

그들이 붓대롱으로 누른 바로 그 사람이 국회 의원인가 대감
인가로 뽑혀 서울로 행차하게 되었다는 소식이 들렸다. 그들
은 자신들의 일이기나 한 것처럼 기뻐했고, 머잖아 그 신명 나
는 전등불의 밝음이 마을의 어둠을 걷어 가리라 굳게 믿었다.
그러나 달이 몇 겹인가 겹쳐 지나도 소식은 감감하기만 했다.
남자들은 진작, 아낙네들까지도 기대에 부푼 이런저런 이야기
들에 시들해지고 지쳐 갔다.

"이거 어찌 된 일일까요? 혹시 우리가 속은 건 아닌가요?"

"허허, 거 뭔 소리, 점잖은 양반한테. 나랏일 보는 양반이 얼
마나 눈코 뜰 새가 없겠어. 틀림없으니까 조금만 더 기다리도
록 하세나."

이런 이장의 당당한 태도를 믿고 또 몇 달이 지나갔다. 그러
나 소식은 꿩 구워 먹은 자리°였다.

"아직도 더 기다려야 할까요? 우리가 홀딱 속은 것이지요?"

* 황감하다 황송하고 감격스럽다.
* 꿩 구워 먹은 자리 어떤 일의 흔적이 전혀 없음을 비유적으로 이르는 말.

"글쎄 말이야…… 점잖은 체면에 그럴 양반이 아닐 것인
디……."

이장이 난색을 표하며 말을 어물거리게 되자 모두는 발끈 화
가 솟았다. 그래서 모여 앉으면 이장을 떡판 위의 떡살을 만들
었다. 그러면서도 한 가닥 희망을 버리지 못한 채 한 해를 넘
기고 몇 개월이 지났다.

"되면 된다, 안 되면 안 된다 속 시원하게 좀 알아 버립시다.
이거야 원 똥 누고 밑 안 닦은 것처럼 이게 뭡니까."

이런 말까지 나오게 되자 이장도 더는 참을 수가 없었던 모
양이다.

"고거 순 후레아들*놈이야. 어디다 대고 고런 싸가지 없는 거
짓말을 해 그래."

이장이 험상궂은 표정으로 욕을 쏴 지르고 말았을 때 사람들
은 그만 완전히 맥이 풀려 버렸다. 한 가닥 희망마저 자취를
감추어 버린 것이다. 그렇다고 잔뜩 화가 치밀어 있는 이장을
전처럼 욕해 대거나 원망할 수도 없었다. 이장도 밤골에 전기
가 들어오기를 바라고 그런 일을 했다가 자신들과 함께 속은
것뿐 저지른 죄라곤 없었던 것이다.

사람들이 전기에 대한 일을 까맣게 잊어버리고 있던 어느 해
다시 그 선거 바람이라는 게 불어왔다. 이번에도 전기를 끌어
들인다는 것이었다. 물론 지난번에 왜 성사가 안 되었는지에

• 후레아들 배운 데 없이 제풀로 막되게 자라 교양이나 버릇이 없는 사람을 낮잡아 이르는 말.

대해 청산유수* 같은 설명이 곁들여진 건 말할 것도 없었다. 들고 보니 그럴 듯도 했다. 그래서 이장을 위시한 동네 사람들은 지난번처럼 한 기호 밑에 붓대롱을 눌렀다. 그러나 결과는 마찬가지였다.

이번에야 설마, 이번에야 설마 하며 똑같은 방법으로 속기를 얼마나 했는지 사람들은 기억조차 하지 못했다. 그건 기억을 하지 못해서가 아니라 불신감 때문에 기억을 하려 들지 않았다.

그런데 느닷없이 전기가 들어온다는 소문이 나돌았다. 그건 정말 느닷없는 소문이었다. 선거 바람도 안 타고 불어온 소문이었던 것이다. 그래서 그 누구도 믿으려 하지 않고 콧방귀만 뀌었다. 설마 전기가 들어올라고……. 언제부턴가 설마는 처음과는 반대의 의미로 쓰여지고 있었다.

그런데 읍내 장터거리에서나 볼 수 있었던 그 돌덩이 같은 전신주가 길가에 즐비하게 누워 있는 것이 아닌가. 앞산 중턱에 철근 전신주가 서고 나서 실로 오십여 년 만의 일이었다.

어린애고 어른이고 할 것 없이 모두 기쁨에 들떠 있었지만, 특히 감격해 마지않는 사람은 몇몇 노인들이었다. 그들은 모두 칠순이 넘어 있었다.

"사람은 참 오래 살고 볼 일이야."

---

* 청산유수 푸른 산에 흐르는 맑은 물이라는 뜻으로, 막힘없이 썩 잘하는 말을 비유적으로 이르는 말.

"누가 아니래나. 결국 이런 날이 오긴 오는구먼."

"저기 저 전보상대˚가 박힐 때 내 나이 스물셋이었지 아마……."

"허허, 기억 한번 총총하네˚그랴. 내가 스물둘이었으니 틀림없구먼."

노인들은 이런 말을 나누며 앞산을 감개무량한˚ 얼굴로 건너다보고 있었다.

전기 공사는 예정보다 훨씬 앞당겨 진행되어 나갔다. 그도 그럴 것이 120여 호의 마을 사람들이 거의 동원되다시피 하고 있었다. 누가 시켜서 하는 일이 아니었다. 하루라도 빨리 전기를 켜고 싶은 바람으로 너나없이 일손의 틈을 내어 공사에 힘을 합쳤다. 아낙네들은 돌아가며 먹을 것을 장만해 기술자들을 대접하기에 바빴다.

이렇게 되고 보니 기술자들의 일손에 신명이 붙지 않을 수가 없었다. 책임자는 연신 벙글거리며 이리 뛰고 저리 뛰고 했다.

공사 기간을 한 달 이상 단축시켜 온 동네에 전깃불이 들어오게 된 날 밤 돼지를 세 마리나 잡는 잔치가 벌어졌다. 이렇게 밤골 전체가 흥겨움에 넘친 잔치는 보기 드문 일이었다. 공사 기술자들이 상좌˚에 앉혀진 건 물론이었고, 그들은 코가 비

˚전보상대 '전봇대'의 사투리.
˚총총하다 또렷또렷하다.
˚감개무량하다 마음속에서 느끼는 감동이나 느낌이 끝이 없다.
˚상좌 윗사람이 앉는 자리.

뚤어지도록 술을 마셔야 했으며, 배꼽이 요강 꼭지가 되도록
음식을 먹어야 했다.

양복을 미끈하게 뽑아 입은 청년들이 밤골에 나타난 건 잔치
가 끝난 바로 그다음 날이었다. 그들은 큼직큼직한 상자를 경
운기만 한 자동차에 가득 싣고 왔다.

회관 마당에 차를 세운 그들은 부지런히 손을 놀려 차 옆구
리에 높은 쇠막대를 묶어 세웠다. 그 쇠막대 끝에는 잠자리 날
개 모양으로 굽어진 또 다른 쇠들이 여러 개 달려 있었다. 그
흰빛의 쇠막대들은 햇빛을 받아 반짝반짝 빛을 냈다.

몇몇 꼬마들은 청년들의 손놀림을 하나도 빼놓지 않고 살피
고 있었다. 전기 공사가 시작됐을 때처럼 또 집에 신나는 소식
을 가져갈 수 있었으면 하고 꼬마들은 제각기 생각했다.

청년들은 한 상자 안에서 물건을 꺼냈다. 그 물건은 생전 처
음 보는 것인데, 네모가 반듯했다. 무슨 기계인 건 분명한데
무엇을 하는 데 쓰는 것인지는 꼬마들로서는 알 수가 없었다.

청년들은 그 예쁘장하게 생긴 기계를 운전대를 덮은 차 지붕
위에 달랑 올려놓았다. 그리고 높은 쇠막대 꼭대기로 이어진
까만 줄 끝을 기계에다 연결시켰다. 청년들의 일은 그것으로
끝났다. 그들은 손바닥을 털고 벗어 놓은 양복을 입었다.

"저게 뭐예요, 아저씨?"

누군가가 더 못 견디겠다는 듯 쨍한 목소리로 물었다.

"하아 요놈들, 오래 참았구나."

한 청년이 그럴 줄 알았다는 듯 씨익 웃으며 꼬마들 앞으로

다가섰다.

"너희들 텔레비전이라는 말 들어 봤니? 저게 바로 텔레비전이라는 거야."

"테에레에……."

꼬마들은 전혀 귀에 익지 않은 말을 어물어물 흉내 냈다.

"저게 머어 하는 기겐데요?"

어느 꼬마가 힘들게 물었다.

"응, 저기에 이쁜 여자가 나와서 노래도 부르고, 군인 아저씨가 나와서 총싸움도 하고, 아주 신나는 기계다."

"예에?"

꼬마들은 하나같이 놀라는 표정이 되었고 다음 순간, '피이, 아저씨 거짓말!' 하는 표정으로 바뀌었다. 그런 눈치를 놓치지 않은 청년은 잠시 난감한 얼굴이 되었다.

"그래, 너희들 트랜지스터, 아니 라디오는 알지?"

청년이 반색을 하며 물었고, 꼬마들은 고개를 끄덕였다.

"바로 라디오하고 비슷해. 한 가지 다른 것은 라디오에서 노래하고 말하는 사람의 얼굴이 저기 저 네모난 데에 그대로 나오는 거야. 그러니까 사진이 나오는 라디오가 바로 저 텔레비전이라는 거다."

꼬마들은 수긍이 가는 것 같은 표정들이었고, 청년은 그런 꼬마들을 내려다보며 만족스러운 웃음을 흘리고 있었다.

"어딜 그럼 보여 줘 봐요."

"그래, 그러잖아도 이 아저씨들이 보여 주려고 저렇게 차려

놓은 거다. 그런데 방송국에서 낮엔 안 하고 저녁에만 한단다. 너희들 이따 저녁밥 먹고 꼭 나오너라, 신나게 구경시켜 줄 테니까. 애들아, 너희들은 구경하고 나서 말이지, 엄마 아빠한테 저 텔레비전을 사 달라고 조르란 말야. 알겠지? 저걸 너희들 안방에 갖다 놓고 매일 신나게 봐얄 것 아니냐. 그치?"

청년은 꼬마들의 눈동자를 들여다보며 진득진득한 음성으로 속삭이고 있었고, 꼬마들은 무슨 말인지 아는지 모르는지 구분이 안 가는 끄덕임을 계속했다.

청년 하나만 차에 남았고 나머지 셋은 골목을 타고 흩어져 갔다.

그들은 한 집도 빼놓지 않고 샅샅이 뒤지고 다녔다.

"안녕하십니까, 아주머니. 전기가 들어오니 얼마나 후련하십니까 그래."

"전기는 잘 들어오나요? 어디 불편한 점은 없으신가요?"

서슴없이 마당으로 들어선 그들은 그지없이 사람 좋은 웃음을 지어 보이며 이런 식으로 너스레를 떨었다.

"말도 말아요. 뱃속까지 다 환해진 기분이라오."

"불편하긴요. 등잔 밑에서 어떻게 살았나 싶은 게 다신 그런 세상 못 살아 낼 것 같은 붕붕 뜨는 기분이라우."

여인네들은 아무런 경계의 빛도 보이지 않고 이렇게 마음들을 풀어놓았다. 낯선 외지의 남자들을 모두 전기를 끌어다 준 고마운 사람들로 싸잡아 보는 여인네들의 착각의 탓도 있었지만 생전 처음 전등불을 밝히고 보낸 지난밤의 감회가 그네들의 마음을 그렇듯 헤프게 만들어 놓고 있었다.

"아주머니 이제 전기도 처억 들어왔겠다, 안방에다 극장 하나 멋들어지게 차리시는 게 어떨까요?"

청년은 나긋나긋 말하며 울긋불긋한 카탈로그를 여인네 눈앞에 기세 좋게 펼쳐 보이는 것이었다.

"안방에 극장을 차리다니……?"

여인은 여기서 말을 멈추고 눈앞에 펼쳐진 요란한 색깔의 종이에 눈을 박게 마련이었다. 그리고 여인의 얼굴은 언뜻 긴장했다.

"이거 텔레비전이라는 거 아녜요?"

여인은 읍내에서 눈여겨보았던 기억을 다잡으며 자신도 모르게 소리쳤다. 발목을 틀어잡은 것처럼 발길을 돌리지 못하게 하던 그 희한한 기계 텔레비전이라는 것. 그것을 맘 놓고 볼 수 있는 사람들의 신세가 얼마나 부러웠던가. 그런데 지금 바로 눈앞에 와 있는 것이 아닌가.

"그렇습니다. 이게 바로 안방극장 텔레비전입니다."

"하지만 우리 형편에 어디……."

여인은 금방 시무룩한 얼굴이 되었다.

"아주머니 그까짓 값은 염려 마십시오. 밤골에 전기가 들어온 걸 축하하기 위해 우리 회사에서 특별히 싹 반값으로 깎아드리기로 했습니다. 아무 염려 마시고 오늘 저녁 회관 마당으로 나오세요. 거기서 텔레비전을 한바탕 틀 테니 구경부터 해 보세요. 자아, 이만 물러갑니다."

청년이 양복 깃을 펄럭이며 사립 밖으로 사라져 버린 다음에도 여인은 텔레비전이 그려진 울긋불긋한 종이를 든 채 무엇에 홀리기라도 한 것처럼 멍하니 서 있었다.

세 청년이 동네를 한바탕 휘젓고 나자 여인네들은 끼리끼리 모여 텔레비전에 대한 길지 못한 상식들에 제각기 적당한 거짓말까지 반죽해 가며 수다를 떨기에 침이 말랐다. 그네들의 수다는 하나같이 텔레비전 예찬론이었고, 전기가 들어온 바에야 사람같이 살아 보려면 텔레비전은 꼭 있어야 한다는 필연적 명분론에 귀착했고, 그게 값이 수월찮을 것이라는 경제의 허약성에 부딪혔다가는 반으로 싹 깎아 준다는 청년의 말을 상기하며 다시 기운을 회복했고, 어쨌거나 공짜 구경이니 저녁밥 일찍 해 먹고 회관 마당으로 나가자고 의견 일치를 보았다.

어느 때 없이 이른 저녁을 먹은 사람들이 회관 마당으로 꾸역꾸역 몰려들었다. 누구보다 세상을 만난 것이 어린것들이었다. 청년들은 곡마단* 문지기들처럼 신바람을 내며 자리를 정리하기에 바빴다. 차를 맞바라보고 아이들은 앞에, 어른들은 뒤에 자리를 잡았다.

텔레비전에 어릿어릿 흔들리는 불이 들어오고, 한 청년의 손짓에 따라 긴 쇠막대를 이리저리 움직이자 과연 기계에는 사람들의 모습이 나타났다.

"와아아!"

* 곡마단 서커스 따위를 요금을 받고 공연하는 흥행 단체.

함성을 지른 건 앞에 앉은 꼬마들이었다. 꼬마들이 더 좋아한 건 프로가 어린이 시간이었기 때문이다. 텔레비전이 찰칵 꺼진 것은 어린이 시간이 끝나면서였다.

"어떻습니까, 여러분. 모두 잘 보셨지요? 이게 바로 텔레비전이라는 겁니다. 여러분들이 직접 보셨으니까 긴 설명은 안 드리겠습니다. 이제 여러분들도 이 텔레비전으로 안방에 극장을 꾸미며 온 식구가 오순도순 더욱 행복한 가정을 꾸밀 수 있게 되었다는 것입니다. 그럼 이거 값이 얼마냐! ×××원입니다. 아 아, 놀라지 마십시오. 잠깐 조용히 하십시오. 그럼 그 돈을 한꺼번에 다 받느냐, 그게 아닙니다. 다른 사람들에겐 최고로 길어야 육 개월, 여섯 달 동안 쪼개서 내게 하는데 우리 밤골 여러분들에겐 특별히 전기가 들어온 걸 축하하는 의미로 여섯 달을 더 늘려 일 년, 열두 달, 자그마치 열두 달로 쪼개서 내도록 했습니다. 그럼 열두 달 동안의 5부 이자°만 계산해 보십시오. 여러분들은 반값에 텔레비전을 사게 되는 겁니다. 그리고 열두 달로 쪼개서 냈을 경우 한 달에 낼 돈이 얼마냐! 단돈 ×××원. 이까짓 돈이면 아저씨들이 술 한 잔 안 마시면 거뜬히 해결될 것이고, 아주머니들이 돼지 한 마리 더 치면 깨끗이 끝날 돈 아닙니까."

청년은 여기서 잠시 말을 멈추었다. 어른들은 끼리끼리 뭐라

•5부 이자 월 5퍼센트 이자를 말함. '부'는 비율을 나타내는 단위로 1부는 전체 수량의 100분의 1 이다.

고 숙덕이고 있었고 더러 고개를 끄덕이기도 했다.

"자아, 희망자는 말씀하세요. 당장 댁에다 달아 드립니다. 돈은 염려 마세요, 다음 달부터 내면 됩니다. 선착순으로 지금 당장 달아 드려요. 여기선 더 이상 안 틀어요. 우리도 갈 길이 바쁘니까 더 이상 못 틀어요. 네에 저기 손 드신 분, 어서 앞으로 나오세요. 네에, 그쪽 분도……."

이렇게 해서 열일곱 집이 신청을 했다. 청년들이 열다섯 대밖에 가져오지 않았기 때문에 두 집은 다음 날 달기로 할 수밖에 없었다.

"예에, 아직도 기회는 있습니다. 밤새 생각해 보시고 내일 다시 신청해도 좋습니다. 전기 들어오는 집에 텔레비전 한 대 없는 건 상투 틀고 갓 안 쓴 격이고, 비단 치마저고리 입고 버선 안 신은 것이나 마찬가집니다."

청년은 이렇게 말을 맺었다.

열다섯 집엔 당장 텔레비전이 설치되었다. 사람들은 제각기 가까운 집으로 떼 지어 몰려들었다. 4월이긴 했지만 아직 밤공기는 찬데도 사람들은 마당에 진을 치고 앉았다. 열다섯 집은 하나같이 텔레비전을 마루에 내놓아야 했다. 그날 밤 태극기가 펄럭이고 애국가가 나올 때까지 자리를 뜬 사람은 하나도 없었다.

"억시게 좋긴 존 세상이야."

"소리야 공중으로 날아다닌다고 허지만 어찌 온갖 사진이 공중으로 날아다닐 수 있을까."

"참 귀신이 곡을 할 노릇이지. 우리나라 사람들은 또 그렇다 치더라도 코쟁이들이 또박또박 우리말을 하는 건 어찌 된 일이야, 글쎄."

어른들이 이런 감상 소감을 피력하는* 데까지는 좋았다. 그들은 곧 자식들 앞에서 곤궁한 입장에 놓이게 되었다.

"아빠, 우리도 텔레비전 사요."

"그래요, 영길이네는 낼 신청한댔어요. 우리도 낼 신청해요, 아빠."

애들의 성화는 아무리 많은 물을 끼얹어도 꺼지지 않을 불길이었다.

"밤이 늦었다. 어서 잠이나 자거라."

이 말을 들을 아이들이 아니었다.

"싫어, 낼 산다고 약속해야지 뭐."

"텔레비전 안 사면 잠 안 잘 거야."

애들은 몸까지 훼훼 저었다.

"영길이네 걸 구경하면 될 거 아니냐."

"싫어, 싫어. 창피하게 그게 뭐야."

"아빤 쩨쩨하게 그게 뭐야. 아빤 창피하지도 않아?"

이건 애비로서 체면이 말이 아니다. 애새끼들이 요 모양인데 어쩌자고 저놈의 여편네는 또 입 꼭 다물고 있는 건가. 슬그머니 부아가 치밀어 올랐다.

---

* 피력하다 생각하는 것을 털어놓고 말하다.

"시끄러, 요런 소갈머리* 없는 새끼들아. 썩 가서 잠이나 자!"

드디어 꽤액 소리를 질러 버렸다. 그 서슬에 애들이 미적미적 물러갔다. 그때서야 아내가 발딱 일어서며 쏴 질렀다.

"흥, 소리만 지르면 장땡인 줄 알지!"

내일 당장 텔레비전을 사겠노라고 당당하게 외치지 못한 가장들은 거의 이런 궁색한 꼴을 면할 수가 없었다.

청년들은 다음 날 아침 햇살이 다 퍼지기도 전에 들이닥쳤다. 그들에게 새로 신청한 수는 어제의 곱이 넘는 서른여섯 집이나 되었다. 그러니까 밤골에서 텔레비전을 살 만한 집은 거의 다 산 셈이었다. 청년들은 하루 종일 동네 골목골목을 부리나케 갈고 다녔고, 해 질 녘이 되자 밤골에는 쉰세 개의 긴 장대*가 여기저기 삐쭉삐쭉 솟게 되었다.

텔레비전을 가진 집들이 반 가까이 되어 버리자 형편이 어젯밤과는 영 딴판으로 변했다. 어젯밤처럼 그걸 마루에 내놓지도 않았고, 구경꾼들도 획 줄어 버려 구경하는 입장도 만만치가 못했다. 전혀 눈치를 하는 건 아니었지만 어젯밤처럼 태극기가 펄럭일 때까지 죽치고 앉아 있을 수가 없었다.

텔레비전 시비는 아이들한테서부터 일어나기 시작했다. 무슨 놀이를 하다가 말다툼이 벌어지면 느닷없이 텔레비전이 사이에 끼어드는 것이었다.

---

* 소갈머리 마음이나 속생각을 낮잡아 이르는 말.
* 긴 장대 긴 막대기에 달아 집 밖에 높이 세운 텔레비전 수신 안테나를 가리킴.

"너 이 새끼, 까불면 텔레비전 안 보여 줄 거야."

한 녀석이 눈꼬리를 세우며 이렇게 대지르면 상대편 녀석은 지금까지의 기세가 푹 꺾이며 어물거리는 것이었다.

"알았어. 네 맘대로 해. 내가 잘못했어."

텔레비전 구경을 담보로 말타기 놀이의 말 노릇이나 숨바꼭질의 술래 노릇을 떠맡는 일이 예사로 벌어졌다.

그러나 며칠이 못 가 어른들 사이에서도 난처한 문제가 생기기 시작했다. 매일 밤 안방에서 딴 집 사람들과 북적거릴 수는 없는 일이었다. 그래서 차츰 꺼리는 눈치가 노골화되어* 갔다.

"얘들아, 텔레비전 그만 보고 어서 공부해라."

처음엔 이런 정도였고,

"아이, 노곤해. 우리 그만 잡시다."

며칠이 지나자 이렇게 변했고,

"아유, 이놈의 텔레비전 다시 팔아 치우든지 해야지 귀찮아서 못살겠네."

이런 지경에까지 다다르게 되면서 서로의 사이가 고약하게 일그러졌다.

홧김에 소 잡아먹는다고, 이와 비슷한 꼴을 당한 어떤 집에서는 다음 날로 제꺼덕 안테나를 드높이 올리기도 했다. 그러나 아무리 껄끄러운 꼴 당했다 하더라도 오기만으로 닭 모가지 비틀 수 없는 집은 있게 마련이었다. 어느 사이엔가 그런

• 노골화되다 숨김없이 모두가 있는 그대로 드러나다.

집들은 그런 집들끼리 모여 입을 삐쭉거리고 눈을 흘기고 했지만 겉돌기는 매일반이었다. 예전과는 달리 마을의 화제는 거의가 텔레비전과 연관되어 있었던 것이다. 그런 현상은 어린애들과 아낙네들에게서 특히 두드러졌다.

"여기는 본부, 여기는 본부, 뻐꾸기 나오라, 뻐꾸기 나오라, 오바."

"여기는 뻐꾸기, 여기는 뻐꾸기, 본부 말하라, 오바."

"지금 간첩 일당이 강 쪽으로 도망가고 있다. 계속 쫓아라, 오바."

"알겠다. 계속 강 쪽으로 쫓아가서 간첩들을 잡겠다, 오바."

이런 놀이를 하는가 하면,

"에잇, 받아라. 마린 보이다!"

"좋다, 덤벼라. 나는 아톰이다!"

애들은 제각기 만화 영화의 주인공이 되어 나무에서 뛰어내리고 바위를 건너뛰고 하는 것이었다. 애들은 옛날의 숨바꼭질이나 땅따먹기 같은 놀이는 아예 집어치워 버렸다. 씨름 대신 레슬링 흉내를 냈고, 아무 때나 "주고 싶은 마음, 먹고 싶은 마음……." "12시에 만나요." 어쩌고 흥얼거렸다.

아낙네들도 애들 못지않았다. 얼굴을 맞대면 그저 지난밤에 본 연속극 이야기에 바빴다.

"그 여자가 불쌍해서 어떡하지그래?"

"그러게 말야. 어쩌면 그리도 눈치가 없는지 몰라."

"모를 수밖에. 남자가 그렇게 감쪽같이 속여 버리는데 어떻게 알아?"

"어쩜 그 남잔 그리도 흉물스럽지? 낯짝만 봐도 정나미가 떨어져."

"그것도 다 그 여우 같은 미스 홍 때문이야. 홀딱 홀려 버린 거라니까."

"그렇다니까. 고 여우 떠는 꼴 좀 봐. 금방 간을 홀딱 빼먹을 것처럼 눈웃음 살살 치는 것하고……."

"그런 남편 믿고 어찌 살지?"

"이 세상 남자가 어디 다 그럴라고."

"얼래, 남자처럼 믿을 수 없는 것도 세상에 또 없어. 계집이 살살 꼬리 치는데 싫어할 남자 어딨어."

"그렇담 우리 애아범들도 그럴까?"

"아따, 걱정도 팔자다. 요런 흉악한 촌구석에 미스 홍이 어딨어서."

"아녀, 그런 것은 아녀. 읍내에 미스 홍 같은 계집들이 한둘인 줄 알아? 그런 짓 백날 하고 다녀도 우린 캄캄 밤중이지 별수 있어?"

"그도 그렇구먼."

"혹시 우리가 여태 까맣게 속아 온 건 아닐까?"

"그럴지도 모르지."

"안 되겠네, 오늘 저녁 당장 따져 봐야지."

"나도 그래야겠어."

"나도 몸살 나 죽겠네, 언제 저녁까지 기다려그래."

이처럼 화제는 비비 틀려서 엉뚱한 방향으로 불이 붙곤 했다. 그래서 가당찮은* 부부 싸움을 터뜨리기도 했다.

"당신도 저 남자처럼 날 속이고 있는 건 아니우?"

"아이고, 나도 저런 팔자나 한번 돼 봤음 좋겠네."

남자는 심드렁하게* 대꾸했고, 여자는 남편의 그런 미지근함이 마음에 걸렸다.

"아니, 무슨 말이 그 모양이오? 저런 꼴이 부럽다니, 지금도 날 속이고 있는지 누가 알아."

남자는 아내의 말에서 섬뜩함을 느꼈다. 농담이 아니라 가시가 돋쳐 있는 것이다. 괜히 어물거리다간 그대로 뒤집어쓸 판이었다. 그렇다고 벌컥 화를 내기도 민망한 일이었다.

"누가 정말 그렇대나, 그냥 농담이지."

"누가 알아요, 사람 속을. 아무래도 당신 좀 이상해요. 어물어물하는 게."

아내는 정색을 하고 덤비고 있었고, 남편은 급기야 화가 치밀어 올랐다.

"아니, 요런 싸가지 없는 여편네 좀 보소. 저놈의 텔레빌 당장 팍 부숴 버려야지, 어디다 대고 지랄이야, 지랄이."

남편이 벌떡 일어나며 텔레비전을 곧 걸어찰 기세였고, 아내는 황급히 남편을 붙들며 만족스러운 웃음을 머금고 있었다.

• 가당찮다 도무지 사리에 맞지 않다.
• 심드렁하다 마음에 탐탁하지 아니하여서 관심이 거의 없다.

"그만했기 망정이지 텔레빌 깨 버렸음 어쩔 판이었어그래."

"우리 애아범은 그래도 텔레비전은 아까웠던 모양이지. 재떨이를 벽에다 내던지더라니까."

"지랄하고 나만 젤 손해 봤네. 눈 깜짝할 새에 팍 쥐어박고 말잖아."

"히히히…… 창수 아범이 본래 몸이 날래잖은가베. 성질은 좀 칼칼허구."

"어쨌거나 속 시원하지 뭐야. 우리 애아범들은 아무 탈 없으니까."

이러면서 아낙네들은 키들거리고 신바람이 나는 것이었다.

아낙네들은 이제 퀴퀴하고 질척질척한 느낌의 생활 속의 이야기들을 거의 잊어버리고 있었다. 누가 누구보다 미남 탤런트고, 어느 가수가 누구보다 더 노래를 잘 부른다고 우김질하는 것이 한결 재미가 고소했던 것이다.

텔레비전 바람은 좀처럼 잠잘 줄을 모른 채 더러 가정불화까지 일으키며 꾸역꾸역 밤골을 먹어 가더니만 삼 개월쯤 지난 7월이 되어서는 백 개가 넘는 안테나가 서게 되었다.

지난해와는 달리 무더운 밤인데도 당산나무 밑에는 모깃불이 지펴지지 않았다. 어둠 속에서 담뱃불이 빠알갛게 타고, 어른들이 나누는 이야기 소리가 개구리 울음소리에 섞여 두런두런 들리던 밤이 없어졌다.

그뿐만 아니라 앞개울의 어둠 속에서 물창을 튀기는 소리와 함께 여자들의 간지러운 웃음소리도 들을 수가 없었다. 반딧

불을 쫓는 애들의 왁자한 외침도 자취를 감추었고, 감자나 옥수수 추렴*을 하는 아낙네들의 마실도 씻은 듯이 없어졌다. 집집마다 텔레비전 앞에 매달려 있는 탓이었다.

청년들은 매달 같은 날짜에 나타나 또박또박 돈을 받아 갔다. 처음 팔아먹을 때와는 달리 하루만 늦어도 이자를 가산하겠다고 으름장을 놓았고, 한 달이 늦으면 그동안 낸 돈은 무효로 하고 물건을 가져가겠다고 큰소리를 쳤다. 그런데 이 말에 꼼짝을 못 할 것이, 읽어 보지도 않고 도장을 찍어 주고 받은 월부* 계약서란 것에 그 조항들이 똑똑히 적혀 있었다. 그래서 거의 매일같이 돈을 빌리러 골목을 헤집고 다니는 사람들이 끊이지 않았다.

8월로 접어들면서 청년들과 다툼이 자주 벌어졌다. 처음 한두 달은 어찌어찌 날짜를 맞췄는데 달이 갈수록 돈 물기가 힘에 부치기 시작한 것이다. 그런 사람들은 대개 나중에 구입한 사람들로, 에라 외상인데 그까짓 돈쯤 어떻게 변통이 되겠지 하는 배짱을 부린 것이었다.

"담 달에 한목 내면 될 거 아뇨."

"글쎄, 안 된다니까요."

"아, 이잘 붙여 준다는데도 안 돼?"

"똑같은 말 자꾸 해 봤자 입만 아파요. 텔레비전이 없어서

---

* 추렴 모임이나 놀이, 잔치 등을 위해 여러 사람이 돈이나 곡식 따위를 얼마씩 내어 거두는 것.
* 월부 물건값이나 빚 따위의 일정한 금액을 다달이 나누어 내는 일. 또는 그 돈.

못 팔아먹는 판에 다 소용없는 소리요. 비키시오, 떼 갈 테니."

청년이 마루로 올라서려 했고, 주인이 청년을 낚아챘다.

"정 이러기야, 이거?"

주인이 곧 쥐어 갈길 듯이 대들었고,

"기운 좀 쓰시나 본데 어디 쳐 보시지. 요새 사람 치는 놈들 잡아들이느라고 경찰서 유치장 문 활짝 열어 놨는데 어서 쳐 보시라니까."

주인과는 달리 청년은 유들유들한 태도로 비웃고 있었다.

주인은 그만 미칠 것 같은 심정이 되고 말았다. 텔레비전을 빼앗기고, 두 달 낸 돈까지 꼼짝없이 떼일 형편이었던 것이다. 돈도 돈이지만 텔레비전이 있다가 없어지면 이게 무슨 꼴인가. 마누라한테, 애들한테 체면이 말이 아닌 것이다. 그리고 동네 망신은 또 얼마나 큰가. 그냥 기분 같아서는 저놈의 뺀질뺀질한 낯짝을 후려갈겨 버리면 속이 시원하련만 그러지도 못하고……

청년은 이미 싹수가 노란 걸 알고 있었다. 남들이 산다니까 기죽기 싫어서 덥석 일 저질러 놓고 똥줄이 타는 것이다. 지금 기분으로는 다음 달에 한목 낼 것 같지만, 아서라 안 속는다, 안 속아. 돈이 거짓말 시키지 어디 사람이 거짓말 시키더냐. 이런 가난뱅이들일수록 더욱 애지중지하게 마련이니까 삼 개월쯤 썼다고 한들 신품이나 마찬가지야. 새로 사는 것들도 숙맥*이긴 매일반이니 더 속 썩이지 말고 물건 가져가는 거다.

청년의 이런 배짱 앞에서 텔레비전을 지킬 재간은 없었다. 그래서 열서너 집이 고스란히 수난을 당했다. 텔레비전이 실려 나갈 때는 일대 소란이 벌어졌다. 애들이 발을 동동 구르며 울부짖었고, 안주인은 그런 남편에게 대들며 악다구니를 썼다.

한편에서 이런 소동이 벌어지는 것과는 아랑곳없이 살림살이가 넉넉한 열서너 집에서는 전기용품 들여놓기 시합을 벌이고 있었다. 그들이 시샘을 하듯 다투어 장만하고 있는 것은 밥통이었다. 그들은 이미 여름이 되면서 선풍기를 들여놓느라고 서로 신경을 곤두세운 일이 있었다. 그 선풍기라는 것도 참 희한한 기계였다. 부채로는 도저히 맛볼 수 없는 기막힌 시원함을 주었던 것이다. 땡볕 속에서 농약을 뿌리거나, 채전˙에 엎드렸다 들어오면 전신은 땀으로 미역을 감고 더위는 헉헉 목을 치받고 올랐다. 그런 때면 으레 옷을 훌러덩 벗어젖히고 찬물을 끼얹게 마련이었다. 그리고 손목이 아프도록 부채질을 해 보지만 땀은 가슴으로 등줄기로 줄줄 흘러내리는 것이었다. 그런데 선풍기는 그게 아니었다. 스위치를 돌리기만 하면 금방 쐐아 쏟아져 나오는 바람이 찬물을 끼얹었을 때의 그 시원함을 되살려 주며 땀을 말끔히 걷어 가는 것이다. 그뿐만이 아니었다. 선풍기를 틀어 놓으면 모기의 극성이 한결 누그러졌다. 그 신통한 선풍기 바람이 모기란 놈을 제멋대로 날게 내버려 두지 않았다. 선풍기를 가진 사람들은 이런 알통 같은 맛

˙숙맥 사리 분별을 못 하고 세상 물정을 잘 모르는 사람.
˙채전 채소밭. 채소를 심어 가꾸는 밭.

도 맛이었지만 한편으론 자기들도 대처[*]사람들과 마찬가지로 이렇듯 편리하고 근사한 전기용품을 사용하고 있다는 사실을 더 고소한 맛으로 즐기고 있었다.

그런데 이젠 전기밥통이 여자들을 환장하게 만들고 있었다. 쪼그리고 앉아 먼지 뒤집어써 가며 짚단을 풀어 땔 필요가 없었다. 뜸을 들이자고 몇 번씩 솥뚜껑을 열어 뜨거운 김 속에 손을 처넣어 밥알을 집어내는 고역을 치르지 않아도 되었다. 전기를 꽂으면 빨간 불이 반짝 들어와서는 제대로 보글보글 끓었고, 불빛이 바뀌면서 딱 먹기 좋게 뜸까지 들이는 게 아닌가. 밥 국물이 넘치길 하나, 밥이 설기를 하나, 여인네들은 그저 감탄에 감탄을 거듭하는 것이었다.

"이리 존 세상을 몰랐으니 여태 헛살았지 뭐야."

"누가 아니래. 나도 당장 사야지, 이러고 있을 때가 아냐."

"편하긴 참말로 편해서 존데, 그게 값이 좀……."

"아유, 무슨 걱정야. 월부 아냐, 월부."

"월부 아니래도 그렇지. 마누라가 모처럼 고생을 좀 덜게 되었는데 까짓 돈 땜에 벌벌 떠는 남자라면 알아볼 쪼지 뭐야."

"그렇구말구. 그런 남자하고 살 섞고 살아 봤자 뻔해. 그건 부부가 아니라 종노릇인 셈이라구."

"허지만 그런 게 자꾸 늘어나면 전깃값도 더 물어얄 것 아냐."

[*] 대처 사람이 많이 살고 상공업이 발달한 번잡한 지역.

"아이고 저런 궁상스런* 여편네, 구더기 무서워 장 못 담글라. 죽기 전에 신간* 한번 편해지는데 까짓 전깃값 더 무는 게 무슨 대수*야 그래."

이렇게 해서 전기밥솥은 텔레비전 옆에 의젓하게 자리를 잡아 갔다.

가을로 접어들면서 잔칫집이 생겼지만 일손이 예전과 같지 않았다. 누구도 예전과 같이 밤늦게까지 일을 도와주려 들지 않았다. 날이 어둑어둑해지자 이런저런 이유를 대며 슬슬 자리를 뜨기 시작한 것이다. 주인의 입장에서는 품삯을 주는 것도 아닌데 붙들어 앉힐 수 없는 노릇이었다. 주인은 전에 없던 이 야릇한 변괴*를 얼핏 알아차리지 못했고 평소에 앙큼한 짓잘해서 미워하던 딸년이 텔레비전 때문이라고 일깨워서야 그렇구나 싶었고, 텔레비전 없는 집만 골라 일손을 모았고, 잔치 준비를 하는 데 생전 처음 품삯을 지불하기로 한 주인은 마당 감나무 잎에 내려앉기 시작한 가을의 썰렁함이 그대로 가슴에 옮겨지는 것을 느끼고 있었다.

월전댁은 손을 재게 놀렸다. 빨리 설거지를 마쳐야 했다. 조금만 있으면 주말 연속극을 시작할 참이었다. 그 연속극은 어

---

* 궁상스럽다 보기에 꾀죄죄하고 초라한 데가 있다.
* 신간 몸. 심신.
* 대수 대단한 것.
* 변괴 이상야릇한 일이나 갑작스러운 재앙, 사고.

쩌면 그리도 아슬아슬한 게 오금을 저리게 하는지 몰랐다. 남편이 들으면 골통 박살 날 얘기지만 그 훤하게 잘생긴 미남 배우는 거의 밤마다 월전댁의 잠자리를 어지럽히고 있었다. 어찌 된 영문인지 그 미남 배우와 한 이불 속에 들어 있는 꿈을 꾸는 것이다.

"이 미친년이 왜 이래. 지까짓 촌년이 어쩌자고 이래."

월전댁은 소리 내어 자신을 꾸짖기도 했다. 그러나 그 배우의 웃는 얼굴이 언뜻언뜻 떠올랐고, 그 연속극 시간만 다가오면 마음이 설렁거려 일손이 헛돌기 일쑤였다. 다른 여자들과 모여 앉은 자리에서 그 배우를 놓고 이러쿵저러쿵 말이 나올 때도 월전댁은 한마디도 하지 않았다. 마음과는 달리 도무지 말을 꺼낼 수가 없었다.

월전댁은 그릇들을 대충 건져 내 놓고는 부엌을 나왔다. 설거지물은 이따가 버리거나 내일 아침에 쏟아 버려도 그만일 것이었다.

선전이 끝나고 곧 극이 시작되었다. 월전댁은 아랫목에 엉덩이를 찰싹 붙이고 앉아 텔레비전 화면을 응시하며 침을 꿀떡 삼켰다. 지난 주일의 마지막 장면이 키스를 하려다가 부잣집 딸인 애인한테 덜컥 들킨 데까지였다.

그 잘생긴 남자는 두 여자 사이에서 이러지도 못하고 저러지도 못하며 괴로워하고 고민하고 있었다. 한 여자는 가난하고 다른 한 여자는 부잣집 딸이었다. 두 여자는 누가 더 낫다고 할 수 없을 만큼 예쁜 얼굴이었고, 똑같이 그 남자를 사랑하고 있었다. 그런데 그 남자가 부잣집의 회사에서 일을 하고 있었다.

월전댁은 언제부턴가 자기가 꼭 가난한 여자처럼 느껴지기 시작했고, 그 남자가 부잣집 딸에게 조금만 잘해 주게 되면 파르르 화가 나기도 했고, 좀 더 심하면 욕을 쏴 대기도 했다. 틀림없이 자신이 당하는 것 같은 서운함과 분함이 가슴에서 엇갈리고 있었다.

키스를 하려다 들켜 엉거주춤 서 있는 두 남녀 앞에서 부잣집 딸이, 비겁해요, 더러워요, 이럴 줄 몰랐어요, 정말 몰랐어요 외치며 뒤돌아서 뛰어가고 남자는 이름을 부르며 쫓아가려다 말고 엉거주춤 섰는데 가난한 애인과 눈이 마주쳤다. 그와 동시에 여자가 울음을 터뜨리며, 가세요, 어서 가 보세요, 난 상관없어요 하며 부잣집 딸과는 반대 방향으로 뛰어간다. 남자는 이쪽저쪽을 두리번거리며 울상이 되고⋯⋯. 월전댁은 입술을 잘근잘근 깨물며 넋을 빼고 앉아 있었다.

월전댁은 장면이 바뀔 때마다 얼굴을 찡그리기도 했고, 혀를 끌끌 차기도 했고, 흡족하게 웃기도 했고, 엉덩이를 들썩 올리기도 했다.

"엄마, 나 목말라."

국민학교[*] 3학년인 아들이 화면에 눈을 둔 채 말했다.

"⋯⋯."

"엄마, 나 목마르다니까!"

아들의 목소리가 좀 더 커졌다.

"……."

"아, 엄마! 나 목마르단 말야!"

아들이 꽤액 소리를 질렀다. 그때서야 월전댁의 고개가 아들 쪽으로 휙 돌려졌다. 그런 그네의 눈길이 매서웠다.

"아 니놈이 목 타면 니놈 손으로 떠다 처먹지, 어디다 대고 악을 써!"

월전댁의 외침과 동시에 주먹이 아들의 머리통을 쥐어 갈겼다. 그 서슬에 아들이 발딱 일어섰다.

"엄만 텔레비전이라면 미치고 환장이야."

아들이 투덜거리며 방문을 차고 나갔다. 그리고 아들의 황급한 외침이 들린 것은 잠시 후였다.

"엄마, 불이야! 불났어!"

"……?"

월전댁은 어리둥절했다. 어디서 들리는 소린지 잠시 분간이 안 갔다.

"엄마! 불이야, 불!"

아들이 문을 박차고 뛰어들었다.

"부울? 어디냐, 어디!"

월전댁이 방을 뛰쳐나갔다.

불길은 부엌을 다 채우고 넘쳐 나 처마 밑을 핥고 있었다.

"달수 아부지, 달수 아부지, 불이오, 불! 불이 났소."

월전댁은 펄쩍펄쩍 뛰며 남편을 찾았다. 아직 돌아올 시간이 아니었다.

"달수야, 달수야!"

방으로 뛰어들면서 외쳤다.

"엄마, 나 여깄어, 여기."

아들이 여동생 손을 잡고 마당가에서 와들와들 떨며 소리쳤다.

"아, 얼렁 사람들 불러. 불 끄라고 사람들 불러!"

되돌아 나온 월전댁이 뒤집혀진 눈으로 울부짖었다.

"불이야! 불이야!"

"사람 살려! 불이야!"

월전댁의 째지는 부르짖음과 아들의 울먹이는 외침이 어두운 골목으로 퍼져 나가기 시작했다.

어쩐 일인지 사람들의 기척은 들리지 않았고, 월전댁이 사립을 떠다밀고 마당으로 뛰어들어 외쳐서야 비로소 방문이 열리는 것이었다.

사람들이 손에 손에 물통을 들고 월전댁의 집에 당도했을 때는 이미 불길은 처마 밑을 빙그르르 돌아 지붕으로 번진 뒤였다.

"살림살이라도 좀 꺼내 봐야지!"

"틀렸어. 저 불길 좀 봐!"

"딴 데로 번지지나 못하게 해."

"아니, 이 꼴이 되도록 뭘 한 거야."

불길은 절망적이었다. 사람들은 가져온 물을 열심히 끼얹기는 했지만 푸시식푸시식 순간적으로 연기만 일으킬 뿐 불길은 점점 거세어 갔다. 사람들은 더 물을 길어 오려 하지 않았다. 이 눈치를 챈 월전댁이 갑자기 소리를 질렀다.

"내 년이 미친년이여, 내 년이 미쳤어. 나 같은 년은 죽어야 돼."

월전댁은 불길을 향해 내달렸다.

"잡아!"

"저런, 저런……."

남자들이 쫓아가서 간신히 월전댁을 붙들었다.

"놔요. 놔! 난 죽어야 돼. 죽어야 돼. 그까짓 게 뭐라고, 난 죽어야 돼애!"

눈을 허옇게 뒤집은 월전댁은 무서운 기운으로 발버둥질 치며 한사코 불길을 향해 내달을 기세였다.

〔1978〕

1 이 소설의 밤골에 일어난 사건을 시간순으로 정리한 것이다. 빈칸에 알맞은 말을 넣어 보자.

앞산 중턱에 전신주가 선 지 오십여 년 만에 마을에 □□가 들어옴.

⬇

전깃불이 들어오고 마을 잔치를 벌인 다음 날, □□을 뽑아 입은 청년들이 □□□□을 마을에 가지고 와서 홍보함.

⬇

마을의 아낙네들은 □□□ 이야기에 **빠져** 가정불화를 일으키기도 함.

⬇

밤골에 백 개가 넘는 안테나가 서게 되고, 청년들이 매달 같은 날짜에 나타나 □을 받아감. □을 갚지 못한 집은 □□□□을 빼앗기는 수난을 당함.

⬇

월전댁이 주말 연속극에 **빠져** 있는 동안 집에 □이 남.

2 밤골에 텔레비전이 들어오기 전과 후의 마을 사람들의 삶을 비교해 보고, 이를 통해 작가가 말하고자 하는 바에 대해 생각해 보자.

텔레비전이 들어오기 전	텔레비전이 들어온 후
• 마을 사람들끼리 생활 속의 이야기를 나누며 정답게 지냄. • 무더운 여름밤, 아이들은 반딧불을 쫓고 어른들은 당산나무 아래 모여 이야기를 나눔. • 잔치가 열리면 잔칫집에 모여 밤늦게까지 일을 도와줌.	

작가가 말하고자 하는 바

3 월전댁의 집에 발생한 화재의 책임이 누구에게 있다고 생각하는지 밝혀 보자.

나는 화재의 책임이 _____에/에게 있다고 생각해.

왜냐하면 _____

_____

_____(이)기 때문이야.

4 다음 사자성어를 참고로, 밤골 사람들에게 해 줄 수 있는 조언이 담긴 편지를 써 보자.

과유불급(過猶不及) 정도를 지나침은 미치지 못함과 같다는 뜻.

노새 두 마리

최일남

최일남

소설가. 1932년 전라북도 전주에서 태어났고 서울대학교 국문학과를 졸업했다. 1953년
『문예』에 단편소설 「쑥 이야기」가 추천되고, 1956년 『현대문학』에 단편소설 「파양」이 추
천되어 등단했다. 주요 작품으로 「흐르는 북」「타령」「노새 두 마리」「장씨의 수염」 등이
있다.

읽기 전에 ••••••••••••••••••••••

'미니홈피'라고 들어 봤나요? 이름부터 낯선 이것의 정체는 사실, 불과 수
년 전까지도 많은 사람이 이용하던 인터넷 커뮤니티입니다. 요즘 대세인
SNS 플랫폼도 언젠가는 미니홈피처럼 또 다른 무언가에 그 자리를 내주
게 될지도 모릅니다. 새로운 것이 주목받을 때, 그 이면에는 반드시 소외
되고 사라지는 것들이 있게 마련이죠. 여기, 자동차가 씽씽 달리는 1970년
대 도시에서도 여전히 뚜벅뚜벅 걷는 '노새 두 마리'를 소개합니다. 이들에
게 어떤 일이 닥쳐올까요? 무인 자동차가 달리는 시대가 오면 또 어떤 사
람들이 소외되고 사라지게 될까요?

　그 골목은 몹시도 가팔랐다. 아버지는 그 골목에 들어서기만 하면 미리 저만치 앞에서부터 마차를 세게 몰아 가지고는 그 힘으로 하여 단숨에 올라가곤 했다. 그러나 이 작전이 매번 성공하는 것은 아니고, 더러는 마차가 언덕의 중간쯤에서 더 올라가지를 못하고 주춤거릴 때도 있었다. 그러면 아버지는 이마에 심줄을 잔뜩 돋우며, "이랴 이랴!" 하면서 노새의 잔등을 손에 휘감고 있는 긴 고삐 줄로 세 번 네 번 후려쳤다. 노새는 그럴 때마다 뒷다리를 바득바득 바둥거리며 안간힘을 쓰는 듯했으나 그쯤 되면 마차가 슬슬 아래쪽으로 미끄러 내리기는 할망정 조금씩이라도 올라가는 일은 드물었다.

　물론 마차에 연탄을 많이 실었을 때와 적게 실었을 때에도 차이는 있었다. 적게 실었을 때는 그깟 것 달랑달랑 단숨에 오르기도 했지만, 그런 때는 드물고 대개는 짐을 가득가득 싣고 다녔다. 가득 실으면 대충 오백 장에서 육백 장까지 실었는데 아버지는 그래야만 다소 신명*이 나지 이백 장이나 삼백 장 같은 것은 처음부터 성이 안 차는 눈치였으며, 백 장쯤은 누가

* 신명 흥겨운 신이나 멋.

부탁도 안 할뿐더러 아버지는 아예 실으려고 하지도 않았다.

우리 동네는 변두리였으므로 얼마 전까지도 모두 그날그날 벌어먹고 사는 사람들이 많아 연탄 배달도 일거리가 그리 많지 않았다. 기껏해야 구멍가게에서 두서너 장을 사서는 새끼줄에 대롱대롱 매달고 가는 게 고작이었다. 그랬는데 이삼 년 전부터 아직도 많은 빈터에 집터가 다져지고, 하나둘 문화 주택*이 들어서더니 이제는 제법 그럴듯한 동네 꼴이 잡혀 갔다. 원래부터 있던 허름한 집들과 새로 생긴 집들과는 골목 하나를 경계로 하여 금을 긋듯 나누어져 있었는데, 먼 데서 보면 제법 그럴싸한 동네로 보였다. 일단 들어와 보면 지저분한 헌 동네가 이웃에 널려 있지만, 그냥 먼발치로만 보면 2층 슬래브 집*들에 가려 닥지닥지 붙은 판잣집* 등속*이 보이지 않았으므로 서울의 변두리에 흔한 여느 신흥 부락*으로만 보였다.

동네가 이렇게 바뀌어지자 그것을 가장 좋아한 사람 중의 하나가 아버지였다. 아까 말한 대로 그전에는 동네 사람들이 연탄을 두서너 장, 많아야 이삼십 장씩만 사 가는 터여서 아버지의 일거리가 적고, 따라서 이곳에서 이삼 킬로나 떨어진 딴 동네까지 배달을 가야 했는데 동네에 새 집이 많이 들어서면서부터는 그렇게 먼 걸음을 하지 않아도 되었기 때문이다. 그런

* 문화 주택 국가 정책에 따라 1950년대 후반부터 등장한 새로운 형식의 주택.
* 슬래브 집 콘크리트를 부어서 한 장의 판처럼 만든 구조물(슬래브)로 만든 집.
* 판잣집 판자로 사방을 이어 둘러서 벽을 만들고 허술하게 지은 집.
* 등속 나열한 사물과 같은 종류의 것들을 몰아서 이르는 말.
* 신흥 부락 새로 들어선 마을.

집에서 연탄을 한번 들여놓았다 하면 몇 달씩 때니까 자주 주문을 하지 않아서 아버지의 일감이 이 동네에서 끝나는 것만은 아니고, 여전히 타동네까지 노새 마차를 몰기는 했지만 그전보다는 자주 먼 곳까지 가지 않아도 된 것만은 사실이었다.

새 동네(우리는 우리가 그전부터 살던 동네를 구동네, 문화 주택들이 차지하고 들어선 동네를 새 동네라 불렀다)가 생기면서 좋아한 것은 비단˚ 아버지만은 아니었다. 구동네에 두 곳 있던 구멍가게 주인들도 은근히 무언가를 기대하는 눈치였다. 그전까지는 가게의 물건들이 뽀얗게 먼지를 쓰고 있었고, 두 홉˚짜리 소주병만 육실하게 많았는데 그 병들 사이에 차츰 환타니 미린다니 하는 음료수병들이며 퍼머스트 아이스크림도 섞이고, 할머니의 주름살처럼 주름이 좍좍 가 말라 비틀어진 사과 사이에 귤 상자도 끼이게 되었다. 그전에는 볼 수 없었던 우유 배달부가 아침마다 골목을 드나들고, 갖가지 신문 배달부가 조석˚으로 골목 안을 누비고 다녔다. 전에는 얼씬도 않던 슈샤인 보이˚가 새벽이면 "구두 딲으⋯⋯." 하면서 외치고 다녔다. 전에는 저 아래 큰 한길가˚ 근처에 차를 대 놓고, 올 테면 오고 말 테면 말라는 식으로 버티던 청소부들이 골목 안까지 차를 들이대고 쓰레기를 퍼 갔다.

˚비단 부정하는 말 앞에서 '다만' '오직'의 뜻으로 쓰이는 말.
˚홉 부피의 단위. 한 홉은 한 되의 10분의 1로 약 180밀리리터.
˚조석 아침과 저녁을 아울러 이르는 말.
˚슈샤인 보이(shoeshine boy) '구두닦이'를 뜻하는 말.
˚한길가 사람이나 차가 많이 다니는 넓은 길의 양쪽 가장자리.

그러나 동네의 모습이 이처럼 달라지기는 했어도 구동네와 새 동네 사람들이 서로 어울리는 일이 없었다. 너는 너, 나는 나 하는 식으로 새 동네 사람들은 문을 꼭꼭 걸어 잠그고 누가 다가오는 것을 거절하고 있었다. 다만 그들이 들어옴으로 해서 구동네 사람들의 사는 모습이 조금 달라지기는 했는데 아무도 그걸 입에 올리지는 않았다. 아버지도 배달 일이 늘어나서 속으로는 새 동네가 생긴 것을 은근히 싫어하지는 않는 눈치였지만, 식구들 앞에서조차 맞대 놓고 그런 내색을 하지는 않았다. 그런 가운데에서도 우리 노새는 온 동네 사람들의 눈길을 모으고 짤랑짤랑 이 골목 저 골목을 헤집고 다녔다. 아니 그것은 새 동네 쪽에서 더욱 그랬다. 원래의 우리 동네에서야 아무도 거들떠보지 않았다. 자기들은 아이들의 싯누런 똥이든 요강 따위를 예사롭게 수챗구멍 같은 데 버리면서도, 어쩌다 우리 노새가 짐을 부리는 골목 한쪽에서 오줌을 찍 갈기면, "왜 하필이면 여기서 싸. 어이구, 저 지린내, 말을 부리려면 오줌통이라도 갖고 다닐 일이지 이게 뭐야. 동네가 뭐 공동변소가." 어쩌고 하면서 아낙네들은 코를 찡 풀어 노새 앞에다 팽개쳤다. 말과 노새의 구별도 잘 못 하는 주제에, 아무 데서나 가래침을 퉤퉤 뱉는 주제에 우리 노새를 보고 눈을 찢어지게 흘겼다. 그러나 새 동네에서는 단연 달랐다. 여간해서 말을 잘 않는 아주머니들도 우리 노새를 보면 입가에 미소를 머금었다. 개중에는 "아이, 귀여워. 오랜만에 보는 노샌데." 하기도 하고, "어머, 지금도 노새가 있었네." 하기도 하고, "아니, 이게 노새 아니에요? 아주 이쁘게 생겼네." 하기도 하고, "오머 오머, 이게 망아지는 아니고……. 네? 노새라구요? 아, 노새가 이렇게 생겼구나아." 하면서 모가지에 매달린 방울을 한번 만져 보려다가 노새가 고개를 젓는 바람에 찔끔 놀라기도 했다. 비단 연탄 배달을 간 집에서만이 아니라 이 근처의 길을 가던 사람들도, 우리 노새를 힐끗 쳐다본 순간 분명히 다소 놀라는 기색으로 다시 한번 거들떠보곤 했다. 대야를 옆에 끼고 볼이 빨갛게 익은 채 목욕 갔다 오던 아주머니도 부드러운 눈길로 노새를 바라보고, 다정하게 나들이를 가려고 막 대문을 나서던 내외분[*]도 우리 노새가 짤랑짤랑 지나가면 '고것…….' 하는 표정으로 한동안 지켜보고, 파 한 단 사 가지고 잰걸음[*]으로 쫄쫄거리고 가던 식모[*] 아가씨도 잠시 발을 멈추고 노새를 바라보았다.

무엇보다도 우리 노새를 보고 좋아하는 것은 새 동네 아이들이었다. 노새만 지나가면 지금까지 하던 공차기나 배드민턴을 멈추고 한동안 노새를 따라왔다. "야, 노새다." 한 아이가 외치면 다른 아이들도 덩달아 외쳤다. "그래그래, 노새다." "야, 이게 노새구나." "그래 인마, 넌 몰랐니?" "듣기는 했는데 보기는 처음이야." "야, 귀 한번 대빵 크다." "힘도 세니?" "그럼, 저것 봐, 저렇게 연탄을 많이 싣고 가지 않니." 아이들이

- 내외분 '부부'를 높여 이르는 말.
- 잰걸음 보폭이 짧고 빠른 걸음.
- 식모 남의 집에 고용되어 주로 부엌일을 맡아 하는 여자.

이러면 나는 나의 시커먼 몰골*도 생각하지 않고 어깨가 으쓱해졌다. 아버지도 그런 심정일까. 이런 때는 그럴 만한 대목도 아닌데 괜히 "이랴 이랏!" 하면서 고삐를 잡아끌었다. 나는 사실 새 동네 아이들을 그리 좋아하지 않았다. 개네들은 집 안에서 무얼 하는지 도무지 밖에 나오는 일도 드물었는데, 나온다 해도 저희네끼리만 어울리지 우리 구동네 아이들을 붙여 주지 않았다. 처음부터 우리가 개네들더러 끼워 달라고 한 일은 없으니까 붙여 주고 안 붙여 주고 할 것은 없었는데, 보면 알지 돌아가는 꼴이 그런 처지가 못 되었다. 우리 구동네 아이들이야 학교 가는 시간을 빼고는 내내 밖에서만 노는데, 놀아도 여간 시망스럽게* 놀지 않았다. 걸핏하면 싸움질이요 걸핏하면 욕질이었다. 말썽은 어찌 그리도 잘 부리는지 아이들 싸움이 커진 어른 싸움도 끊일 날이 없었다. 그러자니 구동네 아이들은 자연히 새 동네 골목에까지 진출했다. 같은 골목이라도 새 동네는 조금 널찍한 데다가 사람들의 왕래도 그리 잦지 않아서 놀기에 좋았다. 그렇다고 새 동네 아이들이 텃세를 부리지도 않았다. 그들은 저희끼리 놀다가도 우리들이 내려가면 하나둘씩 슬며시 자기네 집으로 들어갔다. 그런 아이들이었으므로 나는 평소에 데면데면하게* 대했는데, 이들이 우리 노새를 보고 놀라거나 칭찬할 때만은 어쩐지 그들이 좋았다. 거기 비

---

* 몰골 볼품없는 모양새.
* 시망스럽다 몹시 짓궂은 데가 있다.
* 데면데면하다 사람을 대하는 태도가 친밀감이 없이 예사롭다.

해서 우리 동네 아이들은 노새만 보면 엉덩이를 툭 치거나, 꼬챙이 같은 걸로 자지를 건드리고 머리를 쓰다듬는 척하면서 콧잔등을 한 대씩 쥐어박고 하기가 일쑤였다. 평소에 말수가 적고 화내는 일이 드문 아버지도 이런 때는 눈에 불을 켜고 개구쟁이들을 내몰았다. "이 때갈* 놈의 새끼들, 노새가 밥 달라든, 옷 달라든? 왜 지랄들이야!"

우리 집에 노새가 들어온 것은 이 년 전이었다. 그전까지는 말을 부렸는데 누군가가 노새와 바꾸지 않겠느냐고 제의해 왔다. 싫으면 웃돈을 조금 얹어 주고라도 바꾸어 주겠다는 것이었다. 한 삼 년 가까이 그 말을 부려 온 아버지는 막상 놓기가 싫은 모양이었으나 그 말이 눈이 자주 짓무르고,* 뒷다리 복사뼈 근처에 늘 상처가 가시지 않는 등 잔병치레*가 잦은 터라, 두 번째 말을 걸어왔을 때 그러자고 응낙해 버렸다. 할머니와 어머니, 그리고 큰형은 그래도 말이 낫지 그까짓 노새가 무슨 힘을 쓰겠느냐고, 바꾸지 말자고 했으나 노새를 한번 보고 온 아버지는 어떻게 생각했는지 그길로 노새와 말을 맞바꾸었다. 아닌 게 아니라 노새는 힘이 하나도 없어 보였다. 보기에도 비리비리한 게 약하디약하게만 보였다. 할머니나 어머니, 그리고 큰형은 그것 보라고, 이게 어떻게 그 무거운 연탄 짐을 나르겠느냐고 빈정댔는데 그래도 아버지는 가타부타 말이 없이

노새를 우리로 끌고 가 우선 솔질부터 시작했다. 말이 우리이지 그것은 방과 바로 잇닿아 있는 처마를 조금 더 달아낸* 곳에 있었다. 그래서 우리 집에는 항상 말 오줌 냄새, 똥 냄새가 가실 날이 없었다. 그뿐 아니라 그 우리의 바로 옆방이 내가 할머니나 큰형과 함께 자는 방이었으므로 나는 잠결에도 노새가 앉았다 일어나는 소리, 히힝거리는 소리, 방귀 소리까지 들을 수 있었다. 어쨌거나 이 노새가 들어오면서 그 뒤치다꺼리는 주로 내가 맡게 되었다. 큰형도 더러 돌봐 주기는 했으나 큰형마저 군에 들어가고 난 뒤부터는 나에게 전적으로 그 일이 맡겨졌다. 고등학교를 나온 작은형이 있기는 해도 그는 아버지나 어머니의 성화에 아랑곳없이, 늘상 밖으로 싸다니기만 하고 집에 있을 때도 기타를 들고 골방에 처박히기가 일쑤였다. 가엾게도 노새는 원래는 회색빛이었는데도 우리 집에 온 뒤로는 차츰 연탄 때가 묻어 검정빛으로 변해 갔다. 엉덩이께는 물론 갈기도 까맣게 연탄 가루가 앉아 있었다. 내가 깜냥*으로는 지성스럽게* 털어 주고 닦아 주고 하는데도, 연탄 때는 속살까지 틀어박히는지 닦아 줄 때만 조금 희끗하다가 한바탕 배달을 갔다 오면 도로 그 모양이었다. 하지만 노새도 내 그런 정성을 짐작은 하는지, 멍청히 서 있다가도 내가 가까이 가면 고개를 위아래로 흔들어 알은체를 했다. 그랬는데 그 노새가

* 달아내다 덧대어 늘이다.
* 깜냥 스스로 일을 헤아림. 또는 헤아릴 수 있는 능력.
* 지성스럽다 보기에 지극히 정성스러운 데가 있다.

오늘은 우리 집에 없다.

노새가 갑자기 달아난 건 어저께 일이었다. 아버지는 연탄을 실은 뒤 노새의 고삐를 잡고 나는 그냥 뒤따르고 있었다. 내가 뒤따르는 것은 아버지에게 큰 도움이 못 되고 하릴없이 따라다니기만 할 뿐이었다. 야트막한 언덕길을 오를 때 마차의 뒤를 밀기도 했으나 그것은 그대로 시늉일 뿐, 내 어린 힘으로 어떻게 된다든가 하는 일은 없었다. 아버지는 이따금 따라다니지 말고 집에 가서 공부나 하라고 했지만, 내가 공부 다 했어요, 하면 그 이상 더 말리지는 않았다. 그러나 탄을 싣거나 부릴 때 내가 거들려고 나서면 아버지는 한사코 그걸 말렸다. 아버지가 그랬으므로 나는 그러면 더 좋지 하는 홀가분한 마음으로 망아지 모양 마차 뒤만 졸졸 따라다녔다. 바로 어저께도 그랬다. 새 동네의 두 집에서 이백 장씩 갖다 달라고 해서, 아버지는 연탄 사백 장을 싣고 새 동네로 들어가는 그 가파른 골목길을 들어서고 있었다. 얘기의 앞뒤가 조금 뒤바뀌었지만, 우리 아버지는 연탄 가게의 주인이 아니고 큰길가에 있는 연탄 공장에서 배달 일만 맡고 있다. 그러므로 연탄 공장의 배달 주임이 어느 동네 어느 집에 몇 장을 날라다 주라고 하면, 그만한 양의 탄을 실어다 주고 거기 따르는 구전*만 받으면 그만이었다. 그런데 한 가지 자랑스러운 일은 아버지는 아무리 찾기 힘든 집이라도 척척 알아낸다는 것이다. 연탄 공장 사람

• 구전 어떤 일을 맡아 처리해 준 대가로 받는 돈.

들의 설명이 미처 끝나기도 전에 알 만하오, 한마디면 그만이었다. 열이면 열 거의 틀리는 일이 없었다. 오죽하면 공장 사람들도 "마차 영감은 집 찾는 데 귀신이라니깐." 하면서 혀를 내두를까. 그들도 아버지에게 실려 보내면 마음이 놓인다는 것이었다. 어저께도 아버지는 이러이러한 댁에 갖다주라는 말을 듣자, 두 번 다시 물어보지 않고 짐을 싣고 나선 것이다.

그 가파른 골목길 어귀에 이르자 아버지는 미리서 노새 고삐를 낚아 잡고 한달음에 올라갈 채비를 하였다. 그러나 어쩐 일인지 다른 때 같으면 사백 장 정도 싣고는 힘 안 들이고 올라설 수 있는 고개인데도 이날따라 오름길 중턱에서 턱 걸리고 말았다. 아버지는 어, 하는 눈치더니 고삐를 거머쥐고 힘껏 당겼다. 이마에 힘줄이 굵게 돋았다. 얼굴이 빨개졌다. 나는 얼른 달라붙어 죽어라고 밀었다. 그러나 길바닥에는 살얼음이 한 겹 살짝 깔려 있어서 마차를 미는 내 발도 줄줄 미끄러져 나가기만 했다. 노새는 앞뒷발을 딱딱 소리를 낼 만큼 힘껏 땅을 밀어냈으나 마차는 그때마다 살얼음 위에 노새의 발자국만 하얗게 긁힐 뿐 조금도 올라가지 않았다. 아직은 아래쪽으로 밀려 내리지 않고 제자리에 버티고 선 것만도 다행이었다. 사람들이 몇 명 지나갔으나 모두 쳐다보기만 할 뿐 아무도 달라붙지는 않았다. 그전에도 그랬다. 사람들은 얼핏 도와주고 싶은 생각이 났다가도, 상대가 연탄 마차인 것을 알고는 감히 손을 내밀지 못했다. 도대체 어디다 손을 댄단 말인가. 제대로 하자면 손만 아니라 배도 착 붙이고 밀어야 할 판인데 그랬다

간 옷을 모두 망치지 않겠는가, 옷을 망치면서까지 친절을 베풀 사람은 이 세상엔 없다고 나는 믿어 오고 있다. 그건 그렇고, 그런 시간에도 마차는 자꾸 밀려 내려오고 있었다. 돌을 괴려고 주변을 살펴보았으나 그만한 돌이 얼른 눈에 띄지 않을뿐더러, 그나마 나까지 손을 놓으면 와르르 밀려 내려올 것 같아서 손을 뗄 수가 없었다. 아버지는 평소의 그답지 않게 사정없이 노새에게 매질을 해 댔다.

"이랴, 우라질 놈의 노새, 이랏!"

노새는 눈을 뒤집어 까다시피 하면서 바득바득 악을 써 댔으나 판은 이미 그른 판이었다. 그때였다. 노새가 발에서 잠깐 힘을 빼는가 싶더니 마차가 아래쪽으로 와르르 흘러내렸다. 뒤미처*노새가 고꾸라지고 연탄 더미가 대그르르 무너졌다. 아버지는 밀려 내려가는 마차를 따라 몇 발짝 뒷걸음질을 치다가 홀랑 물구나무 서는 꼴로 나자빠졌다. 나는 얼른 한옆으로 비켜섰기 때문에 아무 일도 없었다. 그러나 정작 일은 그 다음에 벌어지고 말았다. 허우적거리며 마차에 질질 끌려가던 노새가 마차가 내박질러진*자리에서 벌떡 일어서더니 뒤도 안 돌아보고 냅다 뛰기 시작한 것이다. 정확히 말하면 벌떡 일어섰다가 순간적으로 아버지와 내가 있는 쪽을 힐끔 쳐다보고는 이내 뛰어 버린 것이다. 마차가 넘어지면서 무엇이 부러져

* 뒤미처 그 뒤에 곧 잇따라.
* 내박지르다 내박치다. 힘껏 집어 내던지다.

몸이 자유롭게 된 모양이었다.

"어 어, 내 노새."

아버지는 넘어진 채 그 경황에도 뛰어가는 노새를 쳐다보더니 얼굴이 새하얘졌다. 그러나 그런 망설임도 그때뿐 아버지는 힘들게 일어서자 딴사람이 되어 빠른 걸음으로 노새를 뒤쫓았다.

"내 노새, 내 노새."

아버지는 크게 소리 지르는 것도 아니고 그렇다고 입 안의 소리도 아닌, 엉거주춤한 소리로 연방 뇌면서[*] 노새가 달려간 곳으로 뛰어갔다. 나도 얼른 아버지의 뒤를 따랐다. 노새는 10미터쯤 앞에 뛰어가고 있었다. 뒤미처 앞쪽에서는 악악 하는 비명 소리가 들려왔다. 어깨에 스케이트 주머니를 메고 오던 아이들 둘이 기겁을 해서 길옆으로 비켜서고, 뒤따라오던 여학생 한 명이 엄마! 하면서 오던 길을 달려갔다. 손자를 업고 오던 할머니 한 분은 이런 이런! 하면서 어쩔 줄 몰라 하다가 그 자리에 폭삭 주저앉고 말았다. 막 옆 골목을 빠져나오던 택시가 찍 브레이크를 걸더니 덜렁 한바탕 춤을 추고 멎었다. 금세 이 집 저 집에서 사람들이 쏟아져 나와서 골목은 어느 사이 수많은 사람들이 모여 웅성대기 시작했다.

"왜 그래, 왜 그래."

"무슨 일이야, 무슨 일이야."

---

[*] 뇌다 지나간 일이나 한 번 한 말을 여러 번 거듭 말하다.

"말이 도망갔다나 봐, 말이 도망갔다나 봐."

"무슨 말이, 무슨 말이."

"저기 뛰어가지 않아."

"얼라 얼라, 그렇군. 말이 뛰어가는군."

"별꼴이야, 말 마차가 지금도 있었군."

이런 웅성거림 속을 아버지는 두 주먹을 불끈 쥐고 뜀박질 쳐 갔다.

"내 노새, 내 노새."

그때 나는 아버지보다 몇 발짝 앞서 있었다. 아버지의 헉헉 소리가 들려왔다. 하지만 노새는 우리보다 훨씬 빨랐다. 노새 는 이미 큰길로 나가고 있었다. 드디어 아버지는 큰길로 나오 자 덜컥 그 자리에 주저앉고 말았다. 노새는 이제 보이지 않았 지만 나는 노새보다도 아버지의 일이 더 큰일일 것 같아서, 뛰 던 것을 멈추고 아버지의 손을 잡고 끌어 일으키려고 했다. 한 데 아버지는 쉽게 일어나지를 못했다. 아버지의 눈은 더할 수 없는 실망과 깊은 낭패로 가득 차, 나는 제대로 쳐다보지도 못 하고 슬며시 고개를 돌리다가 이내 축 처지고 말았다. 얼굴 근 육이 실룩거리는 것이 옆얼굴에도 보였다. 불현듯 슬픔이 복 받쳐 내 눈도 씀벅거렸으나˙ 나는 그것을 억지로 참고, 계속해 서 아버지의 팔목을 이끌었다.

"아버지, 여기서 이렇게 앉아 있으면 어떻게 해요. 노새를

˙ 씀벅거리다 눈이나 살 속이 찌르듯이 자꾸 시근시근하다.

찾아야지요."

지나가는 사람들이 우리 부자의 이런 모습을 구경거리나 되는 듯이 잠깐잠깐 쳐다보았다.

"그래."

아버지는 힘없이 일어났으나 나는 어디를 어떻게 가야 할지 그저 막막하기만 했다. 아버지도 그런 눈치인 듯 나를 한 번 덤덤히 쳐다보다가 아무 말 없이 앞장을 서기 시작했다. 두 사람 중 아무도 내박질러진 마차며 연탄 이야기를 꺼내지 않았다. 그 뒤처리도 큰일일 테니 말이다. 터덜터덜 걸어서 네거리까지 온 우리는 정작 그때부터 막막함을 느꼈다. 동서남북 어느 쪽으로 가야 할 것인가.

"아버지, 이렇게 하면 어때요. 둘이 같이 다닐 게 아니라 따로따로 헤어져서 찾아보도록 해요. 내가 이쪽 길로 갈 테니깐 아버지는 저쪽 길로 가세요, 네?"

아버지는 아무 말 없이 나와는 반대 방향으로 걸어갔다.

아버지와 헤어진 나는 사뭇* 뛰었다. 사람들은 거리에 가득 넘쳐 있었다. 크고 작은 자동차는 뿡빵거리면서 씽씽 달려가고 달려오고 하였다. 5층 건물 3층 건물이 즐비한* 거리는 언제나처럼 분주했다. 아무도 나를 붙잡고 왜 뛰느냐고, 노새를 찾아 나선 길이냐고 묻지 않았다. 아무도 네가 찾는 노새가 방

---

* 사뭇 거리낌 없이 마구.
* 즐비하다 빗살처럼 줄지어 빽빽하게 늘어서 있다.

금 저쪽으로 뛰어갔다고 걱정 말라고 일러 주지 않았다. 나는
이 사람에게 툭 부딪치고, 저 사람에게 탁 부딪치면서 사뭇 뛰
었다. 그러나 뛰면서도 둘레둘레 사방을 쳐다보는 것을 잊지
않았다. 벌써 거리는 조금씩 어두워지고 있었다. 이미 앞이마
에 헤드라이트를 켠 자동차도 있었다. 나는 그런 자동차들이
막 뛰어다니는 노새로 보였다. 파랑 노새, 빨강 노새, 까만 노
새들이 마구 뛰어다니는 것이 아닌가. 바람같이 달리는 놈, 슬
슬 가는 놈, 엉금엉금 기는 놈, 갑자기 멈추는 놈, 막 가다가
홱 돌아서는 놈, 그것은 가지가지였다. 그런데도 그중에 우리
노새는 없었다. 두 귀가 쫑긋하고 눈이 멀뚱멀뚱 크고, 코가
예쁘고, 알맞게 살이 찐, 엉덩이에 까맣게 연탄 가루가 묻어
반질반질하고, 우리 사촌 이모 머리채처럼 꼬리를 길게 늘어
뜨린 우리 노새는 안 보였다.

어디까지 왔는지도 몰랐다. 차츰 다리가 아프기 시작했다.
배도 고프기 시작했다. 그러고 보면 나는 오늘 점심도 설친˙
채였다. 아이들하고 한참 놀다가 집에서 점심을 몇 술 뜨는 둥
마는 둥 하다가 아버지의 일이 궁금하여 연탄 공장에 갔었는
데 그때 마침 아버지가 짐을 싣고 나오는 것이었었다. 그러나
나는 걸음을 멈출 수가 없었다. 노새를 찾아야 한다, 노새를
찾아야 한다는 마음이 내 걸음에 앞서, 몇 번 고꾸라지기도 하
였다. 더러는 어떤 신사 아저씨의 옆구리에 넘어지듯 부닥치

• 설치다 필요한 정도에 미치지 못한 채로 그만두다.

기도 하였는데, 그러면 그 아저씨는 "이 녀석아……." 어쩌고 하면서 못마땅하게 쳐다보고, 더러는 어떤 아주머니의 치마꼬리를 밟기도 하였는데, 그러면 그 아주머니는, "애가 왜 이래, 눈을 어데 두고 다녀?" 하면서 호통을 치기도 하였다. 그럴 때마다 나는 '미안해요, 우리 노새를 찾느라고 그래요.' 하고 뇌까렸으나 그것이 입 밖으로 말이 되어 나오지는 않았다. 입 안이 메말라서 도무지 말을 하고 싶지도 않았다. 언뜻 내가 왜 이렇게 쏘다니고 있을까, 노새가 어디로 간지도 모르고 왜 이렇게 방황해야만 하는가 하는 생각이 없지도 않았으나 그런 마음에 앞서 내 눈은 부산하게˙ 거리의 구석구석을 살피고 있었다. 그러고 보면 나는 그동안 우리 노새와 깊이 정이 들어 있는지도 몰랐다. 자다가도 바로 옆 마구간에서 노새가 투레질하는˙ 소리, 발을 들었다 놓았다 하는 소리를 들으면 왠지 마음이 놓였고, 길에서 놀다가도 저만치서 아버지에게 끌려오는 노새가 보이면 후딱 달려가 그 시커먼 엉덩이를 한 번 두들겨 주기도 했다. 그러면 저도 나를 알아보는지 그 큰 눈을 한 번 크게 치떴다가 내리곤 했다. 아이들은 그런 나를 더욱 놀려 댔다. "비리비리 노새 새끼." "자지만 큰 노새." 그리고 나더러는 '까마귀 새끼'라고 말이다. 까마귀 새끼라는 것은 우리 아버지가 까맣게 연탄재를 뒤집어쓰고 다닌대서 그 아들인 나

* 부산하다 급하게 서두르거나 시끄럽게 떠들어 어수선하다.
* 투레질하다 말이나 당나귀가 코로 숨을 급히 내쉬며 투루루 소리를 내다.

를 가리키는 말이다. 사실 아버지는 노상* 시커먼 몰골을 하고 다녔다. 옷은 물론 국방색 신발도 어느새 깜장 구두가 되어 있었다. 손 얼굴 할 것 없이 온몸이 껌정투성이였다. 어쩌다가 헹 하고 코를 풀면 콧물조차도 까맸다. 그런 가운데에서도 눈 하나만은 퀭하니* 크게 빛났다. 아이들은 그런 아버지를 보고 까마귀라고 불러 댔으나 차마 대놓고 그러지는 못하고, 만만한 나만 보면 까마귀 새끼라고 놀려 댔다. 하지만 저희네들 아버지는 별것이었던가. 영길이네 아버지는 조그마한 기계와 연탄불을 피워 가지고 다니면서, 뻥 소리와 함께 생쌀을 납작하게 눌러 튀겨 내는 장사를 하고 있었고, 종달이네 형님은 번데기 장수였다. 순철이네 아버지는 시장 경비원이었고, 귀달네 아버지는 포장마차에서 장사를 하고 있었다. 그래서 우리는 영길이더러 '뻥', 종달이더러는 '뻔'이라는 별명을 붙여 주었으며, 순철이 귀달이도 모두 하나씩 별명을 가지고 있었다. 그러니까 내가 까마귀 새끼라는 별명을 가지고 있다는 것은 어떻게 보면 당연한 것이고 별로 억울할 것도 없었다.

내가 집에 돌아온 것은 밤 10시도 넘어서였으나 아버지는 그때까지 돌아오지 않고 있었다. 할머니와 어머니는 동네 사람들의 귀띔으로 미리 사건을 알고 있었던지, 내가 들어서자 얼른 뛰어나오며 허겁지겁 물었다.

• 노상 언제나 변함없이 한 모양으로 줄곧.
• 퀭하다 눈이 쑥 들어가 크고 기운 없어 보이다.

"찾았니?"

"아버지는 어떻게 되셨어?"

내가 혼자 들어서는 걸 보면 찾지 못한 것을 번연히* 알면서
도 어머니는 다그쳐 물어 댔다. 어머니는 나에게 밥을 줄 생각
도 하지 않고 한숨만 내리쉬고 올려 쉬곤 하였다.

아버지가 돌아온 것은 통행금지* 시간이 거의 되어서였다.
예상한 일이지만 아버지는 빈 몸이었고 형편없이 힘이 빠져
있었다. 그때까지 식구들은 아무도 잠들지 않았다. 작은형도
일이 일인지라 기타도 치지 않고 죽은 듯이 방 안에만 처박혀
있었다. 아버지를 보고도 아무도 말을 하지 않았다. 다만 할머
니만이 말을 걸었다.

"이제 오니?"

"네."

그뿐, 아버지는 더는 말이 없었다. 그러고는 어머니가 보아
온 밥상을 한옆으로 밀어 놓고는 쓰러지듯 방 한가운데 드러
눕고 말았다. 아버지는 지금 내일부터 당장 벌이를 나갈 수 없
는 아픔보다도 길들여 키워 온 노새가 가여워서 저러는지도
모를 일이었다. 아버지는 원래가 마부였다. 서울에 올라오기
전 시골에서도 줄곧 말 마차를 끌었다. 어쩌다가 소달구지*를
끄는 적도 있기는 했으나 얼마 가지 않아서 도로 말 마차로 바

---

* 번연히 어떤 일의 결과나 상태 따위가 훤하게 들여다보이듯이 분명하게.
* 통행금지 일정한 시간 동안 일반인이 집 밖으로 나다니지 못하게 하던 일.
* 소달구지 소가 끄는 수레.

꾸곤 했다. 그런 아버지였으므로 서울에 올라와서는 내내 말 마차 하나로 버텨 나왔었는데 어떻게 마음먹었는지 노새로 바꾸고 만 것이다. 노새나 말이나 요즘은 그놈의 삼륜차[*] 때문에 아버지의 일감이 자칫 줄어드는 듯하기도 했다. 웬만한 오르막길도 끄떡없이 오르고, 웬만한 골목 안 집까지도 드르륵 들이닥치니 아버지의 말 마차가 위협을 느낌 직도 했고, 사실 일감을 빼앗기기도 했다. 그런데도 그때마다 아버지는 큰소리였다. "휘발유 한 방울 안 나오는 나라에서 자동차만 많으면 뭘 해." 마치 애국자처럼 말하는 것이었으나 나는 아버지의 그 말 뒤에 숨은 오기 같은 것을 느낄 수 있었다. 너무 고단해서였을까, 이날 밤 나는 앞뒤를 가릴 수 없을 만큼 깊이 잠에 빠졌던 것 같다.

골목에서 뛰쳐나온 노새는 큰길로 나오자 잠시 망설이다가 곧 길 복판으로 뛰어 들어갔다. 그러자 달려가고 달려오던 차들이 브레이크를 밟느라고 찍, 찍 소리를 냈으나 노새는 그걸 본체만체하고 달렸다. 어디서 뛰어나왔는지 교통순경이 호루라기를 불며 달려오다가 노새가 가까이 오자 혼비백산[*] 해서 도망갔다. 인도를 걸어가던 사람들이 일제히 발을 멈추고 노새의 가는 곳을 쳐다보곤 저마다 놀라고, 또는 재미있다는 표

---

[*] 삼륜차 바퀴가 앞에 한 개, 뒤에 두 개 달려 있으며 주로 짐을 실어 나를 때 쓰는 차.
[*] 혼비백산 몹시 놀라 넋을 잃음을 이르는 말.

정을 지었다.

"허허, 저놈이 제 세상 만났군."

"고삐 풀린 말이라더니 저놈도 저렇게 한번 뛰어 보고 싶었을 거야."

"엄마, 저게 뭔데 저렇게 뛰어가? 말이지?"

"글쎄, 말보다는 작은데 노새 같다, 얘."

사람들이 그러거나 말거나 노새는 뛰고 또 뛰었다. 연탄 짐을 매지 않은 몸은 훨훨 날 것 같았다. 가파른 길도 없었고 채찍질도 없었고 앞길을 막는 사람도 없었다. 신호등에 파란불이 켜진 때도 있었고 노란불이 켜진 때도 있었으며 빨간불이 켜진 때도 있었으나, 막무가내로 그냥 뛰기만 했다. 노새는 이윽고 횡단보도에 이르렀다. 마침 파란불이 켜져서 우우 하고 길을 건너던 사람들이, 앗, 엇, 외마디 소리를 지르며 풍비박산*이 되었다. 보퉁이를 이고 가던 아주머니가 오메 소리를 지르며 퍽 그 자리에 넘어지자 머리 위에 있던 보퉁이가 데구루루 굴렀다. 다정히 손잡고 가던 모녀가 어머멋 소리를 지르며 제자리에 우뚝 섰다. 재잘거리며 가던 두 아가씨가 엄마! 소리를 지르며 한꺼번에 엉켜 넘어졌다. 자전거에 맥주 상자를 싣고 기우뚱기우뚱 건너가던 인부가 앞사람이 갑자기 뒷걸음질 치는 바람에 자전거의 핸들을 놓쳐 중심을 잃은 술 상자가 우르르 넘어졌다. 밍크 목도리에 몸을 휘감고 가던 아주머니가

* 풍비박산 사방으로 날아 흩어짐.

나 몰라! 하고 소리를 지르며 홱 돌아서다가 자기도 모르게 옆에 있는 낯모르는 아저씨 품에 안겼다. 땟국이 잘잘 흐르는 잠바 청년 하나가 이때 워! 워! 하면서 앞을 가로막았으나 노새가 앞다리를 번쩍 한 번 들자 어이쿠 소리를 지르면서 인도 쪽으로 도망갔다.

노새는 그대로 달렸다. 뒤미처 순경이 쫓아오는 소리가 나고 앵앵거리며 백차*가 따라오고 있었다. 노새는 그러나 아랑곳하지 않았다. 노새는 어느덧 번화가에 들어서고 있었다. 여기는 아까의 횡단 길보다도 더욱 사람이 많았다. 노새는 자꾸 자동차가 걸리는 것이 귀찮았던지 성큼 인도 쪽으로 방향을 꺾었다. 그러자 이번에는 더욱 요란스러운 혼란이 벌어졌다. 사람들은 달랑달랑하는 노새의 목에 달린 방울 소리가 들릴 때는 호기심으로 그쪽을 쳐다보았다가도, 금세 인파*가 우, 우, 이리 몰리고 저리 몰리고 하면서 눈앞에 노새가 뛰어오자 어쩔 바를 모르고 왝, 왝, 소리를 지르며 달아나기에 바빴다. 분홍색 하이힐 짝이 나뒹굴고, 곱게 싼 상품 상자들이 이리저리 흩어졌다. 신사가 한옆으로 급히 비키다가 콘크리트 전봇대에 이마를 찧고, 군인이 앞사람의 뒤꿈치에 밟혀 기우뚱하다가 뒤에 오는 할아버지를 안고 넘어졌다. 배지를 단 여대생이 황망히 길 옆 제과점으로 도망치다가 안에서 나오던 청년과 마

* 백차 차체에 흰 칠을 한, 경찰이나 헌병의 순찰차.
* 인파 사람의 물결이란 뜻으로, 수많은 사람을 이르는 말.

노새 두 마리 - 최일남 • 95

주쳐 나무토막 쓰러지듯 넘어지고, 아이스크림을 핥고 가던 꼬마 둘이 얼싸안고 넘어졌다.

번화가 옆은 큰 시장이었다. 노새가 이번에는 그 시장 속으로 뚫고 들어갔다. 머리에 수건을 동이고* 좌판 앞에 앉아 있던 아낙네들이 아이구 이걸 어쩌지, 하면서 벌떡 일어서는 것을 신호로, 시장 안에 벌집 쑤신 듯한 소동이 사방으로 번져 갔다. 콩나물 통이 엎어지고, 시금치가 흩어지고, 도라지가 짓이겨지고, 사과 알이 데굴데굴 굴렀다. 미꾸라지 통이 엎어지고 시루떡이 흩어지고, 테토론* 옷감이 나풀거리고 제주 밀감이 사방으로 굴렀다. 갈치가 뛰고 동태가 날고, 낙지가 미끈둥 미끈둥 길바닥을 메웠다. 연락을 받고 달려왔는지 시장 경비원 두세 명이 이놈의 노새, 이놈의 노새, 하면서 앞뒤를 막았으나 워낙 젖 먹던 힘까지 다 내서 길길이 뛰는 노새를 붙들지는 못하고, 저 노새 잡아라, 저 노새, 하고 외치며 이리 뛰고 저리 뛰고 할 뿐이었다.

골목을 뛰쳐나온 지 한 시간이 지났을까, 노새는 시장 안에서 한바탕 북새*를 떨고는 다시 한길로 나왔다. 이 무렵에는 경찰에 비상이 걸렸는지 곳곳에 모자 끈을 턱에까지 내린 경찰관들이 지키고 서 있었다. 서울 장안이 온통 야단이 난 모양이었다. 군데군데 무전차*가 동원되어 자기네끼리 노새의 방

• 동이다 끈이나 실 따위로 감거나 둘러 묶다.
• 테토론 폴리에스터계 합성 섬유. 또는 이 섬유로 짠 천.
• 북새 많은 사람이 야단스럽게 부산을 떨며 법석이는 일.

향에 대해서 연락을 취하고 있었다. 그러나 노새는 미리 그것을 알고라도 있는 듯 용케도 경비가 허술한 길만을 찾아 잘도 달려갔다. 모가지는 물론, 갈기며 어깻죽지, 그리고 등허리에 땀이 비 오듯 해서 네 다리에 물이 주르르 흐르고 있었다. 검은 물이. 노새는 벌써 한강 다리를 건너고 있었다. 노새는 얼핏 좌우로 한강 물을 한 번 훑어보더니 여전히 뛰어가면서도 길게 심호흡을 하였다. 다리를 건너고 얼마를 가자 길이 넓어지고 앞이 툭 트였다. 고속 도로였다. 노새는 돈도 안 내고 톨게이트˚를 빠져나가더니 그때부터는 다소 속도를 늦추었다. 그러나 절대로 뛰는 일을 멈추지는 않았다.

  여느 날보다 다소 늦게 일어난 나는 간밤의 꿈으로 하여 어쩐지 마음이 헛헛했다.˚ 꿈 그대로라면 우리는 다시는 그 노새를 찾지 못할 것이 아닌가. 꿈대로라면 우리 노새는 고속 도로를 따라 멀리멀리 달아나서 우리가 도저히 찾을 수 없는 곳, 상상도 할 수 없는 곳에 가서 있는 것이 아닐까. 우리를 버리고 간 노새, 그는 매일매일 그 무거운, 그 시커먼 연탄을 끄는 일이 지겹고 지겨워서 다시는 돌아오지 못할 자기의 보금자리를 찾아 영 떠나가 버렸는가. 아버지와 내가 집을 나선 것은 사람들이 아직 출근하기도 전인 이른 새벽이었다. 큰길로 나

˚ 무전차 무전기가 설치되어 있는 자동차.
˚ 톨게이트 고속 도로나 유료 도로에서 통행료를 받는 곳.
˚ 헛헛하다 채워지지 않은 허전한 느낌이 있다.

오자 두 사람은 막상 어느 쪽부터 뒤져야 할지 막연하기만 했다. 둘 중 아무도 말을 꺼내지는 않았으나 부자는 잠깐 주춤하다가 동네와는 딴 방향으로 걷기 시작했다. 새벽이라 그런지 사람은 그리 많지 않은데 날씨가 몹시도 찼다. 길은 단단히 얼어붙고 바람은 매웠다. 귀가 따갑게 아려* 오는 듯하자 아랫도리로 냉기가 찰싹찰싹 달라붙었다.

"아버지, 시장으로 가 봐요."

나는 언뜻 간밤의 꿈이 생각났다.

"시장은 왜?"

"혹시 알아요, 노새가 뛰어가다가 시장기*가 들어 시장 쪽으로 갔는지."

나는 말해 놓고도 좀 우스웠지만 아버지도 별 싱거운 녀석 다 보겠다는 듯이 시큰둥한 태도였다. 아버지는 키가 컸다. 그래서 그런지 급히 서둘지도 않고 보통 걸음으로 걷는데도 나는 종종걸음을 쳐야 따라갈 수 있었다. 나는 할 수 없이 한 손을 내밀어 아버지의 손을 잡았다. 아버지의 손은 크고 투박하고 나무토막처럼 단단했다. 끌려가듯 따라가면서도 나는 좀 우스웠다. 이날까지는 이런 일을 생각할 수도 없었다. 아버지와 손을 잡고 길을 걷는다는 것은 꿈에도 상상할 수 없는 일이었다. 그렇게 지내 왔는데, 오늘 나는 아주 자연스럽게 아버지

---

* 아리다 상처나 살갗 따위가 찌르는 듯이 아프다.
* 시장기 배가 고픈 느낌.

와 손을 맞잡고 길을 걷고 있다. 좀 우쭐한 생각이 들었다. 하지만 아무도 그런 우리를 부러운 눈초리로 쳐다보지는 않았다.

아버지와 나는 한도 끝도 없이 걸었다. 어느새 거리는 점심 때쯤 되었고, 눈발이 비치기 시작했다. 어느 곳을 가나 거리는 사람으로 붐벼 있었고, 그 많은 사람들은 우리 부자더러 어디를 그리 바삐 가느냐고, 노새를 찾아다니느냐고 묻지 않았고, 아버지와 나는 아무에게 노새를 보지 못했느냐고 묻지 않았다. 다리는 쇠사슬을 단 것처럼 무겁고, 배가 고프고 쓰렸다. 나는 그런 우리가 옛날얘기에 나오는 길 잃은 나그네 같다고 생각했다. 길은 멀고 해는 저물었는데, 쉬어 갈 곳이라고는 없는 그런 처지 같았다. 아무리 가도 인가˚는 나타나지 않고, 멀리서 깜박깜박 비치는 불빛도 없었다. 보이느니 거친 산과 들 뿐 사람이나 노새는 보이지 않았다.

아버지와 내가 동물원에 들어간 것은 거의 해가 질 무렵이었다. 어떻게 해서 동물원에 들어오게 되었는지 나는 잘 기억해 낼 수가 없다. 둘 중의 아무도 동물원에 들어가자고 말한 사람은 없었는데 어째서 발길이 이곳으로 돌려졌는지 모른다. 정처˚ 없이 걷다가 마침 닿은 곳이 동물원이어서 그냥 대수롭지 않게 들어왔는지도 모르겠다. 하여튼 나는 희한한 곳엘 다 왔다 싶었다. 내 경우 동물원에 와 본 것은 지금까지 딱 한 번밖

˚ 인가 사람이 사는 집.
˚ 정처 정한 곳. 또는 일정한 장소.

에 없었으니까. 그것도 어린이날 무료 공개한다는 바람에 동네 조무래기들과 함께 와 본 것뿐이었다. 그때는 사람들에 치여 제대로 구경도 못 했는데 지금 나는 구경꾼도 별로 없는 동물원을 더구나 아버지와 함께 오게 되었으니 참 가다가는 별일도 있는 것이구나 하였다. 남들 눈에는 한가하게 동물원 구경을 온 다정한 부자로 비칠 것이 아닌가. 동물원 안은 조용하고 을씨년스러웠다.˚ 동물들은 제집에 처박혀 있거나 가느다란 석양이 비치는 곳에 웅크리고 있거나 하였다. 막상 들어온 아버지는 그런 동물들을 별로 눈여겨보지 않았다. 동물들의 우리를 보다가 하늘을 보다가 할 뿐, 눈에 초점이 없었다. 칠면조도 사자도 호랑이도 원숭이도 사슴도 그런 눈으로 건성건성 보고 지나갈 뿐이었다. 그러던 아버지가 잠시 발을 멈춘 곳은 얼룩말이 있는 우리 앞이었다. 얼룩말은 두 마리였다. 아버지는 그러나 그 앞에서도 멍하니 서 있기만 하지 이렇다 할 감정의 표시를 하지 않았다. 나는 그런 아버지를 한 번 쳐다보고, 얼룩말을 한 번 쳐다보고 하였다. 그러다가 아버지의 얼굴이 어쩌면 그렇게 말이나 노새와 닮았는지 모르겠다고 생각하였다. 그렇게 생각하고 보니 꼭 그랬다. 길게 째진, 감정이 없는 눈이며 노상 벌름벌름한 코, 하마 같은 입, 그리고 덜렁하니 큰 귀가 그랬다. 아버지가 너무 오래 말이나 노새를 다뤄와서 그런 건지, 애당초 말이나 노새 같은 사람이어서 그런 짐

* 을씨년스럽다 분위기가 몹시 스산하고 쓸쓸한 데가 있다.

승과 평생을 같이해 온 것인지는 알 수 없으나, 막상 얼룩말 앞에 세워 놓은 아버지는 영락없는 말의 형상이었다.

동물원을 나왔을 때 이미 거리는 밤이었다. 이번엔 집 쪽으로 걸었다. 그럴 수밖에 우리는 더 갈 데가 없었던 것이다. 우리 동네가 저만치 보였을 때 아버지는 바로 눈앞에 있는 대폿집*에서 발을 멈추었다. 힐끗 나를 돌아보고 나서 다짜고짜 나를 술집으로 끌고 들어갔다. 이런 일도 전에는 없던 일이었다. 술집 안에는 사람들이 가득 차서 와와 떠들어 대고 있었다. 돼지고기를 굽는 냄새, 찌개 냄새, 김치 냄새가 집 안에 가득했다. 사람들은 우리를 의아스러운 눈초리로 쳐다보았으나 이내 시선을 거두고 자기들의 얘기 속으로 다시 들어갔다. 나는 들어가자마자 그 냄새들을 힘껏 마셨다. 쓰러질 것 같았다. 아버지는 소주 한 병과 안주를 시키더니 안주는 내 쪽으로 밀어 주고 술만 거푸 마셔 댔다. 아버지는 술이 약한 편이어서 저러다가 어쩌나 하고 걱정이 되었다.

"아버지, 고만 드세요. 몸에 해로워요."

"으응."

대답하면서도 아버지는 술잔을 놓지 않았다. 얼마나 지났을까. 안주를 계속 주워 먹었으므로 어느 정도 시장기를 면한 나는 비로소 아버지를 쳐다보았다.

"이제부터 내가 노새다. 이제부터 내가 노새가 되어야지 별

* 대폿집 큰 술잔으로 마시는 술을 파는 집.

수 있니? 그놈이 도망쳤으니까. 이제 내가 노새가 되는 거지."

기분 좋게 취한 듯한 아버지는 놀라는 나를 보고 히힝 한 번 웃었다. 나는 어쩐지 그런 아버지가 무섭지만은 않았다. 그러면 형들이나 나는 노새 새끼고, 어머니는 암노새고, 할머니는 어미 노새가 되는 것일까? 나도 아버지를 따라 히히힝 웃었다. 어른들은 이래서 술집에 오는 모양이었다. 나는 안주만 집어 먹었는데도 술 취한 사람마냥 턱없이 즐거웠다. 노새 가족— 노새 가족은 우리 말고는 이 세상에 또 없을 것이었다.

그러나 이러한 생각은 아버지와 내가 집에 당도했을˚ 때 무참히 깨어지고 말았다. 우리를 본 어머니가 허둥지둥 달려 나와 매달렸다.

"이걸 어쩌우. 글쎄 경찰서에서 당신을 오래요. 그놈의 노새가 사람을 다치고 가게 물건들을 박살을 냈대요. 이걸 어쩌지."

"노새는 찾았대?"

"찾고나 그러면 괜찮게요? 노새는 간데온데없고 사람들만 다치고 하니까, 누구네 노새가 그랬는지 수소문˚ 끝에 우리 집으로 순경이 찾아왔지 뭐유."

오늘 낮에 지서˚에서 나온 사람이 우리 노새가 튀는 바람에 여기저기서 많은 피해를 입었으니 도로 무슨 법이라나 하는

˚ 당도하다 어떤 곳에 다다르다.
˚ 수소문 세상에 떠도는 소문을 두루 찾아 살핌.
˚ 지서 본서에서 갈려 나와 그 관할 아래서 어떤 곳의 일을 맡아 하는 관서. 주로 경찰 지서를 이름.

법으로 아버지를 잡아넣어야겠다고 이르고 갔다는 것이었다. 아버지는 술이 확 깨는 듯 그 자리에 선 채 한동안 눈만 뒤룩 뒤룩 굴리고 서 있더니 힝 하고 코를 풀었다. 그러고는 아무 말 없이 스적스적˙ 문밖으로 걸어 나갔다. 나는 "아버지." 하고 뒤를 따랐으나 아버지는 돌아보지도 않고 어두운 골목길을 나가고 있었다.

나는 그 순간 또 한 마리의 노새가 집을 나가는 것 같은 착각을 일으켰다. 그러고는 무엇인가가 뒤통수를 때리는 것을 느꼈다. 아, 우리 같은 노새는 어차피 이렇게 비행기가 붕붕거리고, 헬리콥터가 앵앵거리고, 자동차가 빵빵거리고, 자전거가 쌩쌩거리는 대처에서는 발붙이기 어려운 것인가 하는 생각이 들었다. 언젠가 남편이 택시 운전사인 칠수 어머니가 하던 말, "최소한도 자동차는 굴려야지 지금이 어느 땐데 노새를 부려." 했다는 말이 생각났다. 그러나 그것은 잠깐 동안이고 나는 금방 아버지를 쫓았다. 또 한 마리의 노새를 찾아 캄캄한 골목길을 마구 뛰었다.

〔1974〕

활동 ∧∧

1 제목 '노새 두 마리'는 각각 누구를 가리키는지 빈칸을 채우고 이를 바탕으로 주어진 문장에 이어질 내용을 써 보자.

노새 두 마리 '마차를 끄는 □□'와 '□□□'을/를 가리킨다.

자동차가 달리는 도시에서 무거운 연탄을 끌고 언덕길을 오르다 미끄러진 노새처럼 □□□은/는

2 이 소설의 마지막 부분을 참고하여 '아버지'에 대한 인물 간의 서로 다른 태도를 비교해 보자. 이를 바탕으로 이 소설의 서술자를 1인칭 관찰자인 어린 아들 '나'로 설정한 이유를 써 보자.

언젠가 남편이 택시 운전사인 칠수 어머니가 하던 말, "최소한도 자동차는 굴려야지 지금이 어느 땐데 노새를 부려." 했다는 말이 생각났다. 그러나 그것은 잠깐 동안이고 나는 금방 아버지를 쫓았다. 또 한 마리의 노새를 찾아 캄캄한 골목길을 마구 뛰었다.

아버지에 대한 태도

• 다른 사람들

• 나

어린 아들인 '나'를 서술자로 설정한 이유

3 노새를 몰고 연탄을 배달하는 직업은 근대화와 도시화 과정 속에서 사라졌다. 다음은 최근 사회적으로 이슈가 된 새로운 서비스 업종에 대한 소개이다. 이를 참조하여 현재는 활발히 쓰이나 미래가 불투명한 업종을 선정하고 그 이유를 써 보자.

승차 공유 서비스

인터넷이나 모바일 앱을 통해 차량 운전자와 탑승자를 연결해 주는 서비스로, 일종의 공유 경제이다. 공유 경제는 자가용, 빈방 등 개인의 물건이나 부동산을 다른 사람들과 함께 공유함으로써 자원 활용을 극대화하는 경제 활동이다.

- 미래가 불투명한 업종
- 선정 이유

4 이 소설 속 '아버지'와 같이 일자리를 잃고 나면 당장 생계가 막막한 힘없는 이들을 위해 국가와 사회는 어떤 안전망(노령, 실업, 재해, 질병 등 현대 산업 사회의 위험으로부터 시민을 보호하는 제도적 장치)을 마련하고 있는지 다음을 참고하여 조사해 보자.

고용노동부 고용안전망 정책, 노사발전재단 중장년 일자리 희망센터 등

꺼삐딴 리

~~~~~~~~~~

전광용

전광용

소설가, 국문학자. 1919년 함경남도 북청에서 태어나 1988년 작고했다. 서울대학교 국문학과와 같은 대학 대학원을 졸업하고 모교에서 교수를 지냈다. 1955년 조선일보 신춘문예에 단편소설 「흑산도」가 당선되어 등단했다. 주요 작품으로 「꺼삐딴 리」 「나신」 「젊은 소용돌이」 「흑산도」 「목단강행 열차」 등이 있다.

읽기 전에 ……………………………

'꺼삐딴'은 '캡틴(captain, 어떤 단체의 우두머리)'에 해당하는 러시아어입니다. 여기, 1등만을 목표로 항상 우두머리로 살아가고 싶은 인물이 있습니다. 최선보다는 최고를 중요하게 여기며 오로지 성공만을 꿈꾸는 '꺼삐딴 리'가 오늘의 주인공입니다. 소설의 배경이 되는 일제 강점기부터 한국 전쟁에 이르기까지 우리나라의 상황은 매우 혼란스러웠고 비극적인 일들이 끊이지 않았습니다. 이 시기를 살아간 '꺼삐딴 리'는 과연 어떤 인물일지 상상하며 읽어 봅시다.

수술실에서 나온 이인국(李仁國) 박사는 응접실 소파에 파묻히듯이 깊숙이 기대어 앉았다.

그는 백금 무테안경을 벗어 들고 이마의 땀을 닦았다. 등골에 축축이 밴 땀이 잦아들어 감에 따라 피로가 스며 왔다. 두 시간 이십 분의 집도.˚ 위장 속의 균종˚ 적출.˚ 환자는 아직 혼수상태에서 깨지 못하고 있다.

수술을 끝낸 찰나 스쳐 가는 육감, 그것은 성공 여부의 적중률을 암시하는 계시 같은 것이다. 그러나 오늘은 웬일인지 뒷맛이 꺼림칙하다.

그는 항생질 의약품이 그다지 발달되지 않았던 일제 시대부터 개복 수술˚에 최단 시간의 기록을 세웠던 것을 회상해 본다.

맹장염이나 포경 수술, 그 정도의 것은 약과다. 젊은 의사들에게 맡겨 버리면 그만이다. 대수술의 경우에는 그렇게 방임할 수만은 없다. 환자 측에서도 대개 원장의 직접 집도를 조건

• 집도 수술이나 해부를 하기 위하여 수술칼을 잡음.
• 균종 세균이 번식함으로써 생기는 혹과 비슷한 종기.
• 적출 감추어져 있던 것을 끄집어 냄.
• 개복 수술 배를 째고 하는 수술.

부로 입원시킨다. 그는 그것을 자랑으로 삼아 왔고 스스로 집도하는 쾌감마저 느꼈었다.

그의 병원 부근은 거의 한 집 건너 병원이랄 수 있을 정도로 밀집한 지대다. 이름 없는 신설 병원 같은 것은 숫제 비 장날 시골 전방*처럼 한산한 속에 찾아오는 손님을 기다리고 있는 형편이다.

그러나 이인국 박사는 일류 대학 병원에서까지 손을 쓰지 못하여 밀려오는 급환자들 틈에 끼여 환자의 감별에는 각별한 신경을 쓰고 있다.

그것은 마치 여관 보이가 현관으로 들어서는 손님의 옷차림을 훑어보고 그 등급에 맞는 방을 순간적으로 결정하거나 즉석에서 서슴지 않고 거절하는 경우와 흡사한 것이라고나 할까.

이인국 박사의 병원은 두 가지의 전통적인 특징을 가지고 있다.

병원 안이 먼지 하나도 없이 정결하다는 것과 치료비가 여느 병원의 갑절이나 비싸다는 점이다.

그는 새로 온 환자의 초진*에서는 병에 앞서 우선 그 부담 능력을 감정하는 데서부터 시작한다. 신통치 않다고 느껴지는 경우에는 무슨 핑계를 대든 그것도 자기가 직접 나서는 것이 아니라 간호원더러 따돌리게 하는 것이다.

그렇게 중환자가 아닌 한 대부분의 경우 예진*은 젊은 의사들이 했다. 원장은 다만 기록된 진찰 카드에 따라 환자의 증세에 아울러 경제 정도를 판정하는 최종 진단을 내리면 된다.

상대가 지기*나 거물급이 아닌 한 외상이라는 명목은 붙을 수 없었다. 설령 있다 해도 이 양면 진단*은 한 푼의 미수*나 결손도 없게 한 그의 반생을 통한 의술 생활의 신조요 비결이었다.

그러기에 그의 고객은 왜정 시대*는 주로 일본인이었고 현재는 권력층이 아니면 재벌의 셈속*에 드는 축들이어야만 했다.

그의 일과는 아침에 진찰실에 나오자 손가락 끝으로 창틀이나 탁자 위를 훑어 무테안경 속 움푹한 눈으로 응시하는 일에서 출발한다.

이때 손가락 끝에 먼지만 묻으면 불호령이 터지고, 간호원은 하루 종일 원장의 신경질에 부대껴야만 한다.

아무튼 단골 고객들은 그의 정결한 결벽성에 감탄과 경의를 표해 마지않는다.

1·4후퇴* 시 청진기가 든 손가방 하나를 들고 월남한 이인국

• 예진 환자의 병을 자세하게 진찰하기 전에 미리 간단하게 살펴보는 일.
• 지기 서로 마음이 통하는 친한 친구.
• 양면 진단 환자의 아픈 정도와 함께 경제력의 정도도 함께 판단한다는 말.
• 미수 아직 다 받지 못한 돈.
• 왜정 시대 일제 강점기.
• 셈속 마음속에 담긴 실제 생각.
• 1·4후퇴 6·25전쟁 때인 1951년 1월 4일 서울을 공산 진영에 내주고 퇴각한 사건.

박사다. 그는 수복[*]되자 재빨리 셋방 하나를 얻어 병원을 차렸다. 그러나 이제는 평당 50만 환을 호가하는[*] 도심지에 타일을 바른 2층 양옥을 소유하게 되었다. 그는 자기 전문의 외과 외에 내과, 소아과, 산부인과 등 개인 병원을 집결시켰다. 운영은 각자의 주머니 셈 속이었지만 종합 병원의 원장 자리는 의젓이 자기가 차지하고 있다.

이인국 박사는 양복 조끼 호주머니에서 18금 회중시계를 꺼내어 시간을 보았다.

2시 40분!

미국 대사관 브라운 씨와의 약속 시간은 이십 분밖에 남지 않았다. 이 시계에도 몇 가닥의 유서 깊은 이야기가 숨어 있다. 이인국 박사는 시계를 볼 때마다 참말 '기적'임에 틀림없었던 사태를 연상하게 된다.

왕진 가방과 함께 삼팔선을 넘어온 피란 유물의 하나인 시계. 가방은 미군 의사에게서 얻은 새것으로 갈아매어 흔적도 없게 된 지금, 시계는 목숨을 걸고 삶의 도피행을 같이한 유일품이요, 어찌 보면 인생의 반려이기도 한 것이다.

밤에 잘 때에도 그는 시계를 머리맡에 풀어 놓거나 호주머니에 넣은 채로 버려두지 않는다. 반드시 풀어서 등기 서류, 저

금통장 등이 들어 있는 비상용 캐비닛 속에 넣고야 잠자리에
드는 것이었다. 거기에는 또 그럴 만한 연유가 있었다. 이 시
계는 제국 대학을 졸업할 때 받은 영예로운 수상품이다. 뒤쪽
에는 자기 이름이 새겨져 있다.

그 후 삼십여 년, 자기 주변의 모든 것은 변하여 갔지만 시계
만은 옛 모습 그대로다. 주변뿐만 아니라 자기 자신은 얼마나
변한 것인가. 이십 대 홍안을 자랑하던 젊음은 어디로 사라진
것인지 머리카락도 반백이 넘었고 이마의 주름은 깊어만 간
다. 일제 시대, 소련군 점령하의 감옥 생활, 6·25사변, 삼팔선,
미군 부대, 그동안 몇 차례의 아슬아슬한 죽음의 고비를 넘긴
것인가.

'월삼 17석.'*

우여곡절 많은 세월 속에서 아직도 제시간을 유지하는 것만
도 신기하다. 시간을 보고는 습성처럼 재깍재깍 소리에 귀 기
울이는 때의 그의 가느다란 눈매에는 흘러간 인생의 축도가
서리는 것이었다. 그 속에서도 각모*와 쓰메에리* 학생복을 벗
어 버리고 신사복으로 갈아입던 그날의 감회를 더욱 새롭게
해 주는 충동을 금할 길 없는 것이었다.

이인국 박사는 수술 직전에 서랍에 집어넣었던 편지에 생각
이 미쳤다.

• 월삼 17석 미국의 시계 회사 월섬(Waltham)에서 만든, 17개의 보석이 박힌 회중시계.
• 각모 사각모자.
• 쓰메에리 '옷깃을 세운 옷'을 가리키는 일본어.

미국에 가 있는 딸 나미. 본래의 이름은 일본식의 나미코(奈美子)다. 해방 후 그것이 거슬린다기에 나미로 불렀고 새로 기류계*에 올릴 때에는 코〔子〕 자를 완전히 떼어 버렸다.

나미짱! 딸의 모습은 단란하던 지난날의 추억과 더불어 떠올랐다.

온 집안의 재롱둥이였던 나미, 그도 이젠 성숙했다. 그마저 자기 옆에서 떠난 지금 새로운 정에서 산다고는 하지만 이인국 박사는 가끔 물밀어 오는 허전한 감을 금할 길 없었다.

아내는 거제도 수용소에 있을 때 죽었고 아들의 생사는 지금껏 알 길이 없다.

서울에서 다시 만나 후처로 들어온 혜숙. 이십 년의 연령 차에서 오는 세대의 거리감을 그는 억지로 부인해 본다. 그러나 혜숙의 피둥피둥한 탄력에 윤기가 더해 가는 살결에 비해 자기의 주름 잡힌 까칠한 피부는 육체적 위축감마저 느끼게 하는 때가 없지 않았다. 그들 사이에서 난 돌 지난 어린것, 앞날이 아득한 이 핏덩이만이 지금의 이인국 박사의 곁을 지켜 주는 유일한 피붙이다. 이인국 박사는 기대와 호기에 찬 심정으로 항공 우편의 피봉*을 뜯었다.

전번 편지에서 가타부타 단안은 내리지 않고 잘 생각해서 결정하라고 한 그 후의 경과다.

---

* 기류계 거주지를 관청에 신고하는 서류.
* 피봉 겉봉.

'결국은 그렇게 되고야 마는 건가……'

그는 편지를 탁자 위에 밀어 놓았다. 어쩌면 이러한 결말은 딸의 출국 이전에서부터 이미 싹튼 것인지도 모른다는 생각이 들었다.

대학에서 영문과를 택한 딸, 개인 지도를 하여 준 외인˙ 교수, 스칼러십˙을 얻어 준 것도 그고, 유학 절차의 재정 보증인을 알선해 준 것도 그가 아닌가, 우연한 일은 아니다.

그러나 시류˙에 따라 미국 유학을 해야만 한다고 주장한 것은 오히려 아버지 자기가 아닌가.

동양학을 연구하고 있는 외인 교수. 이왕이면 한국 여성과 결혼했으면 좋겠다던 솔직한 고백에, 자기의 학문을 위한 탁월한 견해라고 무심코 찬의를 표한 것도 자기가 아니던가. 그것도 지금 생각하면 하나의 암시였음이 분명하지 않은가.

이인국 박사는 상아로 된 오존 파이프를 앞니에 힘을 주어 지그시 깨물며 눈을 감았다.

꼭 풀 쑤어 개 좋은 일을 한 것만 같은 분하고도 허황한 심정이다.

'코쟁이 사위.'

생각만 해도 전신의 피가 역류하는 것 같은 몸서리가 느껴졌다.

• 외인 외국인.
• 스칼러십(scholarship) 장학금.
• 시류 그 시대에 유행하는 풍조.

'더러운 년 같으니, 기어코…….'

그는 큰기침을 내뱉었다.

그의 생각은 왜정 시대 내선일체[*]의 혼인론이 떠돌던 이야기에까지 꼬리를 물었다. 그때는 그것을 비방하거나 굴욕처럼 느끼지는 않았다. 오히려 당연한 것으로 해석했고 어찌 보면 우월한 것으로 생각하지 않았던가. 그런데 이 경우는…….

그는 딸의 편지 구절을 곱씹었다.

'애정에 국경이 있어요……?'

이것은 벌써 진부하다. 아비도 학창 시절에 그런 풍조는 다 마스터했다. 건방지게, 이제 새삼스레 아비에게 설교조로……. 좀 더 솔직하지 못하고…….

그러니 외딸인 제가 그런 국제결혼의 시금석이 되겠단 말인가.

'아무튼 아버지께서 쉬 한번 오신다니 최종 결정은 아버지의 의향에 따라 결정할 예정입니다만…….'

그래 아버지가 안 가면 그대로 정하겠단 말인가.

이인국 박사는 '일대 잡종(一代雜種)[*]'의 유전 법칙이 떠오르자 머리를 내저었다. '흰둥이 외손자', 생각만 해도 징그럽다.

그는 내던졌던 사진을 다시 집어 들었다.

- 내선일체 일제 강점기에 일제가 전쟁 협력을 강요하기 위해 취한 조선 통치 정책. 일본(內)과 조선(鮮)은 하나라고 하는 주장.
- 일대 잡종 유전자가 다른 두 품종 사이의 교배에 의해 낳은 제1대(최초의) 새끼. 여기서는 인종이 서로 다른 딸과 사위 사이에서 태어날 아이를 가리킴.

대학 캠퍼스 같은 석조전의 거대한 건물, 그 앞의 정원, 뒤쪽에 짝을 지어 걸어가는 남녀 학생, 이 배경 속에 딸과 그 외인 교수가 나란히 어깨를 짚고 서서 웃음을 짓고 있다.

'흥, 놀기는 잘들 논다…….'

응, 신음 소리를 치며 그는 자리에서 일어섰다. 아무튼 미스터 브라운을 만나 이왕 가는 길이면 좀 더 서둘러야겠다. 그가장 대우가 좋다는 국무성 초청 케이스의 확정 여부를 빨리 확인해야겠다는 생각이 조바심을 쳤다.

그는 아내 혜숙이 있는 살림방 쪽으로 건너갔다.

"여보, 나미가 기어코 결혼하겠다는구려."

"그래요……?"

아내의 어조에는 별다른 감동이나 의아도 없음을 이인국 박사는 직감했다.

그는 가능한 한 혜숙이 앞에서 전실 소생의 애들 이야기를 하는 것을 삼가 왔다.

어떻게 보면 나미의 미국 유학을 간접적으로 자극한 것은 가정 분위기의 소치라는 자격지심*이 없지 않기도 했다.

나미는 물론 혜숙이를 단 한 번도 어머니라고 불러 준 일이 없었다.

혜숙이 또한 나미 앞에서 어머니라고 버젓이 행세한 일도 없었다.

---

* 자격지심 자기가 한 일에 대하여 스스로 만족스럽지 않게 여기는 마음.

지난날의 간호원과 오늘의 어머니, 그 사이에는 따져서 표현할 수 없는 미묘한 감정들이 복재[*]되어 있었다.

"선생님의 일이라면 무엇이든지 돕겠어요."

서울에서 이인국 박사를 다시 만났을 때 마음속 그대로 털어 놓은 혜숙의 첫마디였다.

처음에는 혜숙이도 부인의 별세를 몰랐고 이인국 박사도 혜숙이의 혼인 여부를 참견하지 않았다.

혜숙은 곧 대학 병원을 그만두고 이리로 옮겨 왔다.

나미는 옛정이 다시 살아 혜숙을 언니처럼 따랐다.

이들의 혼인이 익어 갈 때 이인국 박사는 목에 걸리는 딸의 의향을 우선 듣기로 했다.

딸도 아버지의 외로움을 동정하고 있었다. 자기 자신 아버지의 시중이 힘에 겨웠고 또 그사이 실지의 아버지 뒤치다꺼리를 혜숙이 해 왔으므로 딸은 즉석에서 진심으로 찬의를 표했다.

그러나 시간이 흐를수록 혜숙과 나미의 간격은 벌어졌고 혜숙도 남편과의 정상적인 가정생활에 나미가 장애물이 되는 것 같은 느낌을 차츰 가지게 되었다.

혜숙 자신도 처음에는 마음 놓고 이인국 박사를 남편이랍시고 일대일로 부르진 못했다.

나미의 출발, 그 후 어린애의 해산, 이러한 몇 고개를 넘는

• 복재 몰래 숨어 있음.

사이에 이제 겨우 아내답게 늠름히 남편을 대할 수 있고, 이인
국 박사 또한 제대로의 남편의 체모*로 아내에게 농을 걸 수도
있게끔 되었다.

"기어쿠 그 외인 교수하군가 가까워지는 모양인데."

이인국 박사는 아내의 얼굴을 직시하지는 못하고 마치 독백
하듯이 뇌까렸다.

"할 수 있어요. 제 좋다는 대로 해야지요."

마치 남의 이야기를 하는 것처럼 이인국 박사에게는 들려
왔다.

"글쎄 하기는 그렇지만……."

그는 입맛만 다시며 더 이상 계속하지 못했다.

잠을 깨어 울고 있는 어린것에게 젖을 물리고 있는 아내의 젊
은 육체에서 자극을 느끼면서 이인국 박사는 자기 자신이 죄를
지은 것만 같은 나미에 대한 강박 관념을 금할 길이 없었다.

저 어린것이 자라서 아들 원식이나 또 나미 정도의 말 상대
가 되려도 아직 이십여 년의 세월이 흘러야 한다.

그때 자기는 칠십이 넘는 할아버지다.

현대 의학이 인간의 평균 수명을 연장하고, 암(癌) 같은 고질
이 아닌 한 불의의 죽음은 없다 하지만, 자기 자신 의사이면서
스스로의 생명 하나를 보장할 수 없다.

'마누라는 눈앞에서 나는 새 놓치듯이 죽이지 않았던가. 아

* 체모 체면.

무리 해도 저놈이 대학을 나올 때까지는 살아야 한다. 아무렴, 때가 때인 만큼 미국 유학까지는 내 생전에 시켜 주어야 하지. 하기야 그런 의미에서도 일찌감치 미국 혼반*을 맺어 두는 것도 그리 해로울 건 없지 않나. 아무렴, 우리보다는 낫게 사는 사람들인데. 좀 남 보기 체면이 안 서서 그렇지.'

그는 자위인지 체념인지 모를 푸념을 곱씹었다.

"여보, 저걸 좀 꾸려요."

이인국 박사의 말씨는 점잖게 가라앉았다.

"뭐 말이에요?"

아내는 젖꼭지를 물린 채 고개만을 돌려 되묻는다.

"저, 병 말이오."

그는 화장대 위에 놓은 골동품을 가리켰다.

"어디 가져가셔요?"

"저 미 대사관 브라운 씨 말이야. 늘 신세만 졌는데……."

아내가 꼼꼼히 싸 놓은 포장물을 들고 이인국 박사는 천천히 현관을 나섰다.

벌써 석간신문이 배달되었다.

아무리 생각해도 그것은 분명 기적임에 틀림없는 일이었다. 간헐적으로 반복되어 공포와 감격을 함께 휘몰아치는 착잡한 추억. 늘 어제 일마냥 생생하기만 하다.

---

* 혼반 혼인을 통해 두 집안이 맺는 관계.

1945년 8월 하순.

아직 해방의 감격이 온 누리를 뒤덮어 소용돌이칠 때였다.

말복도 지난 날씨건만 여전히 무더웠다. 이인국 박사는 이 며칠 동안 불안과 초조에 휘몰려 잠도 제대로 자지 못했다. 무엇인가 닥쳐올 사태를 오들오들 떨면서 대기하는 상태였다.

그렇게 붐비던 환자도 하나 얼씬하지 않고 쉴 사이 없던 전화도 뜸하여졌다. 입원실은 최후의 복막염 환자였던 도청의 일본인 과장이 끌려간 후 텅 비었다.

조수와 약제사는 궁금증이 나서 고향에 다녀오겠다고 떠나갔고, 서울 태생인 간호원 혜숙이만이 남아 빈집 같은 병원을 지키고 있었다.

2층 10조(疊)* 다다미방에 훈도시(褌)*와 유카타(浴衣)* 바람에 뒹굴고 있던 이인국 박사는 견디다 못해 부채를 내던지고 일어났다.

그는 목욕탕으로 갔다. 찬물을 퍼서 대야째로 머리에서부터 몇 번이고 내리부었다. 등줄기가 시리고 몸이 가벼워졌다.

그러나 수건으로 몸을 닦으면서도 무엇엔가 짓눌려 있는 것 같은 가슴속의 갑갑증을 가셔 낼 수가 없었다.

그는 창문으로 기웃이 한길가를 내려다보았다. 우글거리는 군중들은 아직도 소음 속으로 밀려가고 있다.

굳게 닫혀 있는 은행 철문에 붙은 벽보가 한길을 건너 하얀 윤곽만이 두드러져 보인다.

아니 그곳에 씌어 있는 구절.

"친일파. 민족반역자를 타도하자."

옆에 붉은 동그라미를 두 겹으로 친 글자가 그대로 눈앞에 선명하게 보이는 것만 같다.

어제 저물녘에 그것을 처음 보았을 때의 전율이 되살아왔다.

순간 이인국 박사는 방 쪽으로 머리를 획 돌렸다.

'나야 원 괜찮겠지…….'

혼자 뇌까리면서 그는 다시 부채를 들었다.

그러나 벽보를 들여다보고 있을 때 자기와 눈이 마주치는 순간, 일그러지는 얼굴에 경멸인지 통쾌인지 모를 웃음을 비죽거리면서 아래위로 훑어보던 그 춘석이 녀석의 모습이 자꾸만 머릿속으로 엄습하여 어두운 밤에 거미줄을 뒤집어쓴 것처럼 꺼림텁텁하기만 했다.

그깟 놈 하고 머리에서 씻어 버리려도 거머리처럼 자꾸만 감아 붙는 것만 같았다.

벌써 육 개월 전의 일이다.

형무소에서 병보석*으로 가출옥되었다는 중환자가 업혀서

---

* 병보석 법적 판결이 나지 않은 상태로 구치소나 교도소 따위에 갇혀 있던 피의자 또는 피고인이 병이 날 경우 그를 석방하는 일.

왔다.

훵뎅그렁한 눈에 앙상하게 뼈만 남은 몸을 제대로 가누지도 못하는 환자, 그는 간호원의 부축으로 겨우 진찰을 받았다.

청진기의 상아 꼭지를 환자의 가슴에서 등으로 옮겨 두 줄기의 고무줄에서 감득*되는 숨소리를 감별하면서도, 이인국 박사의 머릿속은 최후 판정의 분기점을 방황하고 있었다.

입원시킬 것인가, 거절할 것인가······.

환자의 몰골이나 업고 온 사람의 옷매무새로 보아 경제 정도는 뻔한 일이라 생각되었다.

그러나 그것보다도 더 마음에 켕기는 것이 있었다. 일본인 간부급들이 자기 집처럼 들락날락하는 이 병원에 이런 사상범을 입원시킨다는 것은 관선* 시의원이라는 체면에서도 떳떳지 못할뿐더러, 자타가 공인하는 모범적인 황국 신민*의 공든 탑이 하루아침에 무너지는 결과를 가져오는 것이라는 생각이 들었다. 순간 그는 이런 경우의 가부 결정에 일도양단*하는 자기식으로 찰나적인 단안을 내렸다. 그는 응급 치료만 하여 주고 입원실이 없다는 가장 떳떳하고도 정당한 구실로 애걸하는 환자를 돌려보냈다.

---

* 감득 느껴서 앎.
* 관선 예전에 선거를 통하여 뽑는 기구의 성원 가운데 일부를 나라에서 직접 임명하던 일.
* 황국 신민 일제 강점기에 천황이 다스리는 나라의 신하 된 백성이라 하여 일본이 자국민을 이르던 말.
* 일도양단 칼로 무엇을 대번에 쳐서 두 도막을 낸다는 뜻으로, 어떤 일을 머뭇거리지 않고 선뜻 결정함을 비유적으로 이르는 말.

환자의 집이 병원에서 멀지 않은 건너편 골목 안에 있다는 것은 후에 간호원에게서 들었다. 그러나 그쯤은 예사로운 일이었기에 그는 그대로 아무렇지도 않게 흘려버렸다.

그런데 며칠 전 시민대회 끝에 있은 해방 경축 시가행진을 자기도 흥분에 차 구경하느라고 혜숙이와 함께 대문 앞에 나갔다가, 자위대[*] 완장을 두르고 대열에 끼인 젊은이와 눈이 마주쳤다.

이쪽을 노려보는 청년의 눈에서 불똥이 튀는 것 같은 살기를 느꼈다.

무슨 영문인지 모르고 어리벙벙하던 이인국 박사는 그것이 언젠가 입원을 거절당한 사상범 환자 춘석이라는 것을 혜숙에게서 듣고야 슬금슬금 주위의 눈치를 살피며 집으로 기어들어 왔다.

그 후 그는 될 수 있는 대로 거리로 나가는 것을 피하였지마는 공교롭게도 어제저녁에 그 벽보 앞에서 마주쳤었다.

갑자기 밖이 왁자지껄 떠들어 대었다. 머리에 깍지를 끼고 비스듬히 누워서 갈피를 잡을 수 없는 생각에 골똘하던 이인국 박사는 일어나 앉아 한길 쪽에 귀를 기울였다. 들끓는 소리는 더 커 갔다. 궁금증에 견디다 못해 그는 엉거주춤 꾸부린 자세로 밖을 내다보았다. 포도[*]에 뒤끓는 사람들은 손에 손에

---

* 자위대 자기 나라의 평화와 독립을 스스로 지키고 나라의 안전을 유지하기 위하여 조직한 단체.

태극기와 적기(赤旗)*를 들고 환성을 올리고 있었다.

'무엇일까?'

그는 고개를 갸웃하며 다시 자리에 주저앉았다.

계단을 구르며 급히 올라오는 발자국 소리가 들려왔다.

혜숙이다.

"아마 소련군이 들어오나 봐요. 모두들 야단법석이에
요……."

숨을 헐레벌떡이며 이야기하는 혜숙이의 말에 이인국 박사
는 아무 대꾸도 없이 눈만 껌벅이며 도로 앉았다. 여러 날째
라디오에서 오늘 입성 예정이라고 했으니 인제 정말 오는가
보다 싶었다.

혜숙이 내려간 뒤에도 이인국 박사는 한참 동안 아무 거동도
못 하고 바깥쪽을 내다보고만 있었다.

무엇을 생각했던지 그는 움찔 자리에서 일어났다. 그러고는
벽장문을 열었다. 안쪽에 손을 뻗쳐 액자 틀을 끄집어내었다.

"국어 상용(國語常用)의 가(家).*"

해방되던 날 떼어서 집어넣어 둔 것을 그동안 깜박 잊고 있
었다.

그는 액자 틀 뒤를 열어 음식점 면허장 같은 두터운 모조지
를 빼내어 글자 한 자도 제대로 남지 않게 손끝에 힘을 주어

• 포도 포장도로.
• 적기 소련 국기.
• 국어 상용의 가 일본어를 항상 사용하는 집. 여기서 '국어'는 일본어를 가리킴.

꼼꼼히 찢었다.

이 종잇장 하나만 해도 일본인과의 교제에 있어서 얼마나 떳떳한 구실을 할 수 있었던 것인가. 야릇한 미련 같은 것이 섬광처럼 머릿속에 스쳐 갔다.

환자도 일본 말 모르는 축은 거의 오는 일이 없었지만 대외 관계는 물론 집 안에서도 일체 일본 말만 써 왔다. 해방 뒤 부득이 써 오는 제 나라 말이 오히려 의사 표현에 어색함을 느낄 만큼 그에게는 거리가 먼 것이었다.

마누라의 솔선수범하는 내조지공˙도 컸지만 애들까지도 곧잘 지켜 주었기에 이 종잇장을 탄 것이 아니던가. 그것을 탄 날은 온 집안이 무슨 큰 경사나 난 것처럼 기뻐들 했었다.

"잠꼬대까지 국어로 할 정도가 아니면 이 영예로운 기회야 얻을 수 있겠소."

하던 국민 총력 연맹 지부장의 웃음 띤 치하 소리가 떠올랐다.

그 순간 자기 자신은 아이들을 소학교부터 일본 학교에 보낸 것을 얼마나 다행으로 여겼던 것인가.

그는 후 한숨을 내뿜었다. 그러고는 저금통장의 잔액을 깡그리 내주던 은행 지점장의 호의에 새삼 고마움을 느끼는 것이었다.

그것마저 없었더라면……. 등골에 오싹하는 한기가 느껴왔다.

˙ 내조지공 아내가 남편을 도운 공로.

무슨 정치가 오든 그것만 있으면 시내 사람의 절반 이상이 굶어 죽기 전에야 우리 집 차례는 아니겠지. 그는 손금고가 들어 있는 안방 단스(簞笥)*를 생각하면서 혼자 중얼거렸다.

이인국 박사는 무슨 일이 일어나도 꼭 자기만은 살아남을 것 같은 막연한 기대를 곱씹고 있다.

주위가 어두워 왔다.

지축이 흔들리는 것 같은 동요와 소음이 가까워졌다. 군중들의 환호성이 터져 나왔다. 만세 소리가 연방 계속되었다.

세상 형편을 알아보려고 거리에 나갔던 아내가 돌아왔다.

"여보, 당꾸* 부대가 들어왔어요. 거리는 온통 사람들 사태가 났는데 집 안에 처박혀 뭘 하구 있어요……."

"뭘 하기는?"

"나가보아요. 마우재*가 들어왔어요……."

어둠 속에서 아내의 음성은 격했으나 감격인지 당황인지 알 길이 없었다.

'계집이란 저렇게 우둔하고도 대담한 것일까…….'

이인국 박사는 엷은 어둠 속에서 마누라 쪽을 주시하면서 입맛을 다셨다.

"불두 엽때 안 켜구."

마누라가 전등 스위치를 틀었다. 이인국 박사는 백 촉 전등

• 단스 서랍이나 문이 달린 장롱을 가리키는 일본어.
• 당꾸 '탱크(tank)'를 일본어식으로 읽은 것.
• 마우재 '러시아인'을 가리키는 사투리.

의 너무 환한 것이 못마땅했다.

"불은 왜 켜는 거요?"

"그럼 켜지 않구, 캄캄한데……. 자, 어서 나가 봅시다."

마누라의 이끄는 데 따라 이인국 박사는 마지못하면서 시침을 떼고 따라나섰다.

헤드라이트의 눈부신 광선. 탱크 부대의 진주는 끝을 알 수 없이 계속되고 있다.

이인국 박사는 부신 불빛을 피하면서 가로수에 기대어 섰다. 박수와 환호성, 만세 소리가 그칠 줄 모르는 양안*을 끼고 탱크는 물밀듯 서서히 흘러간다. 위 뚜껑을 열고 반신을 내민 중대가리의 병정은 간간이 "우라아."* 하면서 손을 내흔들고 있다.

이인국 박사는 자기와는 아무 관련도 없는 이방 부대라는 환각을 느끼면서 박수도 환성도 안 나가는 멋쩍은 속에서 멍하니 쳐다보고만 있다. 그는 자기의 거동을 주시하지나 않나 해서 주위를 두리번거렸다.

그러나 아무도 그에게는 관심을 두는 일 없이 탱크를 향하여 목청이 터지도록 거듭 만세만 부르고 있지 않은가.

'어떻게 되겠지…….'

그는 밑도 끝도 없는 한마디를 뇌면서 유유히 집으로 들어

• 양안 강이나 하천 따위의 양쪽 기슭. 여기서는 길 양쪽으로 늘어선 인파를 뜻함.
• 우라아 '만세'를 뜻하는 러시아어.

왔다.

민요 뒤에 계속되던 행진곡이 그치고 주둔군 사령관의 포고문이 방송되고 있다.

이인국 박사는 라디오 앞에 다가앉아 귀를 기울였다.

시민의 생명·재산은 절대 보장한다. 각자는 안심하고 자기의 직장을 수호하라, 총기·일본도 등 일체의 무기 소지는 금하니 즉시 반납하라는 등의 요지였다.

그는 문득 단스 속에 넣어 둔 엽총에 생각이 미치었다. 그러면 저것도 바쳐야 하는 것일까. 영국제 쌍발, 손때 묻은 애완물같이 느껴져 누구에게 단 한 번 빌려주지 않았던 최신형 특제품이다.

이인국 박사는 다이얼을 돌렸다. 대체 서울에서는 어떻게들 하고 있는 것일까.

거기도 마찬가지다. 민요가 아니면 행진곡이 나오고 그러다가는 건국 준비 위원회* 누구인가의 연설이 계속된다.

대체 앞으로 어떻게 될 것인가 궁금증을 해결할 방법이 없다.

해방 직후 이삼 일 동안은 자기도 태연하였지만 번지르르하게 드나들던 몇몇 친구들도 소련군 입성이 보도된 이후부터는 거의 나타나질 않는다. 그렇다고 자기 자신이 뛰어다니며 물을 경황은 더욱 없다.

---

* 건국 준비 위원회 조선 건국 준비 위원회. 8·15 광복 직후 최초로 여운형을 중심으로 하여 조직한 정치 단체.

밤이 이슥해서야 중학교와 국민학교를 다니는 아들딸이 굉장한 구경이나 한 것처럼 탱크와 로스케*의 이야기를 늘어놓으며 돌아왔다.

그들은 아버지의 심중은 아랑곳없다는 듯이 어머니, 혜숙이와 함께 저희들 이야기에만 꽃을 피우고 있었다.

이인국 박사는 슬그머니 일어나 2층으로 올라와 다다미방에서 혼자 뒹굴었다.

앞일은 대체 어떻게 전개될 것인지, 뛰어넘을 수가 없는 큰 바다가 가로놓인 것만 같았다. 풀어낼 수 있는 실마리가 전연 더듬어지지 않는 뒤헝클어진 상념 속에서 그래도 이인국 박사는 꺼지려는 짚불을 불어 일으키는 심정으로 막연한 한 가닥의 기대만을 끝내 포기하지 않은 채 천장을 멍청히 쳐다보고만 있었다.

지난 일에 대한 뉘우침이나 가책 같은 건 아예 있을 수 없었다.

자동차 속에서 이인국 박사는 들고 나온 석간을 펼쳤다.

일면의 제목을 대강 훑고 난 그는 신문을 뒤집어 꺾어 삼면으로 눈을 옮겼다.

"북한 소련 유학생 서독*으로 탈출."

• 로스케 러시아 사람을 낮잡아 이르는 말. 여기서는 소련군을 가리킴.
• 서독 1949년부터 1990년까지 독일의 서부 지역에 있었던 연방 공화국. 독일은 1949년 사회주의 진영의 동독, 자본주의 진영의 서독으로 분단되었다가 1990년에 통일을 이룸.

바둑돌 같은 굵은 활자의 제목. 왼편 전단을 차지한 외신 기사. 손바닥만 한 사진까지 곁들여 있다.

그는 코허리에 내려온 안경을 올리면서 눈을 부릅떴다.

그의 시각은 활자 속을 헤치고, 머릿속에는 아들의 환상이 뒤엉켜 들이차 왔다. 아들을 모스크바로 유학시킨 것은 자기의 억지에서였던 것만 같았다.

출신 계급, 성분, 어디 하나나 부합될 조건이 있었단 말인가. 고급 중학을 졸업하고 의과 대학에 입학된 바로 그해다.

이인국 박사는 그때나 지금이나 자기의 처세 방법에 대하여 절대적인 자신을 가지고 있다.

"얘, 너 그 노어* 공부를 열심히 해라."

"왜요?"

아들은 갑자기 튀어나오는 아버지의 말에 의아를 느끼면서 반문했다.

"야, 원식아, 별수 없다. 왜정 때는 그래도 일본 말이 출세를 하게 했고 이제는 노어가 또 판을 치지 않니. 고기가 물을 떠나서 살 수 없는 바에야 그 물속에서 살 방도를 궁리해야지. 아무튼 그 노서아 말 꾸준히 해라."

아들은 아버지 말에 새삼스러이 자극을 받는 것 같진 않았다.

"내 나이로도 인제 이만큼 뜨내기 회화*쯤은 할 수 있는데,

* 노어 러시아어. 노어는 '노서아어'의 줄임말. 여기서 '노서아'는 '러시아'를 한자음으로 읽은 이름.
* 뜨내기 회화 일상적으로 하는 간단한 생활 말.

새파란 너희 나쎄°로야 그걸 못 하겠니."

"염려 마세요, 아버지⋯⋯."

아들의 대답이 그에게는 믿음직스럽게 여겨졌다.

이인국 박사는 심각한 표정으로 말을 이었다.

"어디 코 큰 놈이라구 별것이겠니, 말 잘해서 진정이 통하기만 하면 그것들두 다 그렇지⋯⋯."

이인국 박사는 끝내 스텐코프 소좌°의 배경으로 요직에 있는 당 간부의 추천을 받아 아들의 소련 유학을 결정짓고야 말았다.

"여보, 보통으로 삽시다. 거저 표 나지 않게 사는 것이 이런 세상에선 가장 편안할 것 같아요. 이제 겨우 죽을 고비를 면했는데 또 쟤까지 그 '높이 드는' 복판에 휘몰아 넣으면 어쩔라구⋯⋯."

"가만있어요, 호랑이두 굴에 가야 잡는 법이오, 무슨 세상이 되던 할 대로 해 봅시다."

"그래도 저 어린것을 어떻게 노서아까지 보낸단 말이오."

"아니, 중학교 애들도 가지 못해 골들을 싸매는데 대학생이 못 가 견딜라구."

"그래도 어디 앞일을 알겠소⋯⋯."

"괜한 소리, 쟤가 소련 바람을 쏘이구 와야 내게 허튼소리하는 놈들도 찍소리를 못 할 거요. 어디 보란 듯이 다시 한번 살

● 나쎄 '나이'를 속되게 이르는 말.
● 소좌 소련구 장교 계급의 하나.

아 봅시다."

아들의 출발을 앞두고 걱정하는 마누라를 우격다짐으로 무마시키고 그는 아들의 유학을 관철하였다.

'홍, 혁명 유가족두 가기 힘든 구멍을 친일파 이인국의 아들이 뚫었으니 어디 두구 보자…….'

그는 만장*의 기염을 토하며 혼자 중얼거리고는 희망에 찬 미소를 풍겼다.

그다음 해에 사변*이 터졌다.

잘 있노라는 서신이 계속하여 왔지만 동란* 후 후퇴할 때까지 소식은 두절된 대로였다.

마누라의 죽음은 외아들을 사지로 보낸 것 같은 수심에도 그 원인이 있었다고 그는 생각하고 있다.

이인국 박사는 신문 다치키리(立切)* 속에 채워진 글자를 하나도 빼지 않고 다 훑어 내려갔다.

그러나 아들의 이름에 연관되는 사연은 한마디도 없었다.

'이 자식은 무얼 꾸물꾸물하느라고 이런 축에도 끼지 못한담……. 사태를 판별하고 임기응변의 선수를 쓸 줄 알아야지, 멍추같이…….'

그는 신문을 포개어 되는대로 말아 쥐었다.

• 만장 높이가 만 길이나 된다는 뜻으로, 아주 높고 대단함을 이르는 말.
• 사변 한 나라가 상대국에 선전 포고도 없이 침입하는 일. 여기서는 6·25전쟁을 가리킴.
• 동란 전쟁 따위가 일어나 사회가 혼란스럽고 소란해지는 일. 여기서는 6·25전쟁을 가리킴.
• 다치키리 신문 조판에서 일정한 단수를 정해 한곳에 갈라 붙이는 것을 가리키는 일본어.

'개천에서 용마가 난다는데 이건 제 애비만도 못한 자식이야……'

그는 혀를 찍찍 갈겼다.

'어쩌면 가족이 월남한 것조차 모르고 주저하고 있는 것이나 아닐까. 아니, 이제는 그쪽에도 소식이 가서 제게도 무언중의 압력이 퍼져 갈 터인데……. 역시 고지식한 놈이 아무래도 모자라……'

그는 자동차에서 내리자 건 가래침을 내뱉었다.

'독토르* 리, 내가 책임지고 보장하겠소. 아들을 우리 조국 소련에 유학시키시오.'

스텐코프의 목소리가 고막에 와 부딪는 것만 같았다.

자위대가 치안대*로 바뀐 다음 날이다. 이인국 박사는 치안대에 연행되었다.

시멘트 바닥에 무릎을 꿇고 앉은 그는 입술이 파랗게 질려 있었다. 하반신이 저려 오고 옆구리가 쑤신다. 이것만으로도 자기의 생애를 통한 가장 큰 고역이라고 그는 생각하고 있다. 그러나 그것보다는 앞으로 닥쳐올 예기할 수 없는 사태가 공포 속에 그를 휘몰았다.

지나가고 지나오는 구둣발 소리와 목덜미에 퍼부어지는 욕

● 독토르 '박사'나 '의사'를 뜻하는 러시아어.
● 치안대 건국 치안대. 8·15광복 후 정치적 공백 상태의 혼란을 수습하고 치안의 확보와 개인의 생명과 재산을 보호하기 위해 조직된 임시 기구.

설을 들으면서 꺾이듯이 축 늘어진 그의 머리는 들릴 줄을 몰
랐다.

시간만이 흘러가고 있었다.

그의 머릿속에는 짓눌렸던 생각들이 하나씩 꼬리를 치켜들
기 시작했다.

'이럴 줄 알았더면 어디든지 가 숨거나, 진작 남으로라도 도
피했을걸……. 그러나 이 판국에 나를 감싸 줄 사람이 어디 있
담. 의지할 만한 곳은 다 나와 같은 코스를 밟았거나 조만간에
밟을 사람들이 아닌가. 일본인! 가장 믿었던 성벽이 다 무너지
고 난 지금 누구를…….'

'그래도 어떻게 되겠지…….'

이 막연한 기대는 절박한 이 순간에도 그에게서 완전히 떠나
버리지는 않았다.

'다행이다. 인민재판의 첫코에 걸리지 않은 것만 해도. 끌려
간 사람들의 행방은 전연 알 길이 없다. 즉결 처형을 당하였다
는 소문도 떠돈다. 사흘의 여유만 더 있었더라면 나는 이미 이
곳을 떴을는지도 모른다. 다 운명이다. 아니 그래도 무슨 수가
있겠지…….'

"쪽발이 끄나풀, 야 이 새끼야."

고함 소리에 놀라 이인국 박사는 흠칫 머리를 들었다.

때도 묻지 않은 일본 병사 군복에 완장을 찬 젊은이가 쏘아
보고 있다. 춘석이다.

이인국 박사는 다시 쳐다볼 힘도 없었다. 모든 사태는 짐작

되었다.

이제는 죽는구나. 그는 입 속으로 뇌까렸다.

"왜놈의 밑바시,＊이 개새끼야."

일본 군용화가 그의 옆구리를 들이찬다.＊

"이 새끼, 어디 죽어 봐라."

구둣발은 앞뒤를 가리지 않고 전신을 내지른다.

등골 척수에 다급한 충격을 받자 이인국 박사는 비명을 지르고 꼬꾸라졌다.

그는 현기증을 일으켰다. 어깻죽지를 끌어 바로 앉혀도 몸을 가누지 못하고 한쪽으로 쓰러졌다.

"민족과 조국을 팔아먹은 이 개돼지 같은 놈아, 너는 총살이야, 총살⋯⋯."

어렴풋이 꿈속에서처럼 들려왔다. 그러나 그에게는 그 말도 아무런 반향을 일으키지 못했다.

시간이 얼마나 흘렀을까, 자기 앞자락에서 부스럭거리는 감촉과 금속성의 부닥거리는 소리를 듣고 어렴풋이 정신을 차렸다.

노란 털이 엉성한 손목이 시곗줄을 끄르고 있다. 그는 반사적으로 앞자락의 시계 주머니를 부둥켜 쥐면서 손의 임자를 힐끔 쳐다보았다. 눈동자가 파란 중대가리 소련 병사가 시곗줄을 거머쥔 채 이빨을 드러내고 히죽이 웃고 있다.

＊밑바시 밑받이. 기저귀, 똥걸레 등의 뜻으로 비굴한 사람을 얕잡아 부르는 말.
＊들이차다 마구 차다.

그는 두 손으로 있는 힘을 다해 양복 안주머니를 감싸 쥐었다.

"홍…… 야뽄스끼*……."

병사의 눈동자는 점점 노기를 띠어 갔다.

"아니, 이것만은!"

그들의 대화는 서로 통하지 않는 대로 손아귀와 눈동자의 대결은 그대로 지속되고 있다.

병사는 됫박만 한 손으로 이인국 박사의 손을 뿌리치면서 시계를 채어 냈다. 시곗줄은 끊어져 고리가 달린 끝머리가 이인국 박사의 손가락 끝에서 달랑거렸다.

병사는 밖으로 나가 버렸다.

'죽음과 시계…….'

이인국 박사는 토막 난 푸념을 되풀이하고 있다.

양쪽 팔목에 팔뚝시계를 둘씩이나 차고도 또 만족이 안 가 자기의 회중시계까지 앗아 가는 그 병정의 모습을 머릿속에 똑똑히 되새겨 갈 뿐이다.

감방 속은 빼곡히 찼다. 그러나 고참자와 신입자의 서열은 분명했다. 달포*가 지나는 사이에 맨 안쪽 똥통 위에 자리 잡았던 이인국 박사는 3분지 2의 지점으로 점차 승격되었다.

그는 하루 종일 말이 없었다. 범인 속에 섞여 있던 감방 밀정

• 야뽄스키 러시아인들이 일본인을 낮추어 부르는 말.
• 달포 한 달이 조금 넘는 기간.

이 출감된 다음 날부터 불평만을 늘어놓던 축들이 불려 나가 반송장이 되어 들어왔지만, 또 하루 이틀이 지나자 감방 속의 분위기는 여전히 불평과 음식 이야기로 소일되었다.

이인국 박사는 자기의 죄상이라는 것을 폭로하기도 싫었지만 예전에 고등계* 형사들에게서 실컷 얻어들은 지식이 약이 되어 함구령이 지상 명령이라는 신념을 일관하고 있었다.

그는 간밤에 출감한 학생이 내던지고 간 노어 회화책을 첫 장부터 곰곰이 뒤지고 있을 뿐이다.

등골이 쏘고 옆구리가 결려 온다. 이것으로 고질이 되는가 하는 생각이 없지 않다. 아침저녁으로 기온이 사뭇 내려가고 있다. 아무리 체념한다면서도 초조감을 막을 길 없다.

노어책을 읽으면서도 그의 청각은 늘 감방 속의 이야기를 놓치지 않고 있다. 그들이 예측하는 식대로의 중형으로 치른다면 자기의 죄상은 너무도 어마어마하다. 양곡 조합의 쌀을 몰래 팔아먹은 것이 칠 년, 양민을 강제로 보국대*에 동원했다는 것이 십 년. 감정적인 즉결이 아니라 법에 의한 처단이라고 내대지만 이 난리 판국에 법이고 뭐고 있을까, 마음에만 거슬리면 총살일 판인데……

'친일파, 민족반역자, 반일투사 치료 거부, 일제의 간첩 행위……'

---

* 고등계 일제 강점기에 한국인의 독립운동 및 정치적·사상적 동향을 감시하고 탄압하는 일을 맡아보던 경찰 부서.
* 보국대 일제 강점기에 우리나라 사람을 강제 노동에 동원하기 위해 만든 조직.

이건 너무도 어마어마한 죄상이다. 취조할 때 나열하던 그대로 한다면 고작해야 무기 징역, 사형감일지도 모른다.

그는 방 안을 둘러보며 후 큰숨을 내쉬었다.

처마 밑에 바싹 달라붙은 환기창에서 들이비치던 손수건만 한 햇살이 참대 자처럼 길어졌다가 실오리만큼 가늘게 떨리며 사라졌다. 그 창살을 거쳐 아득히 보이는 가을 하늘이, 잊었던 지난 일을 한 덩어리로 얽어 휘몰아 오곤 했다. 가슴이 찌릿했다.

밖의 세계와는 영원한 단절이다.

그는 눈을 감았다. 마누라·아들·딸·혜숙이, 누구누구…….
그러다가 외과계의 원로 이인국 박사에 이르자 목구멍이 타는 것같이 꽉 막혔다.

그는 헛기침을 하고 침을 삼켰다.

'그럼, 어쩐단 말이야, 식민지 백성이 별수 있었어. 날고뛴들 소용이 있었느냐 말이야. 어느 놈은 일본 놈한테 아첨을 안 했어. 주는 떡을 안 먹은 놈이 바보지. 흥, 다 그놈이 그놈이었지.'

이인국 박사는 자기변명을 합리화시키고 나면 가슴이 좀 후련해 왔다.

거기다 어저께의 최종 취조 장면에서 얻은 소련 고문관의 표정은 그에게 일루*의 희망을 던져 주는 것이 있었다. 물론 그

---

* 일루 한 오라기의 실이라는 뜻으로, 몹시 미약하거나 불확실하게 유지되는 상태.

것이 억지의 자위일지도 모른다고 생각되었지만.

아마 스텐코프 소좌라고 했지. 그 혹부리 장교. 직업이 의사라고 했을 때 독토르 독토르 하고 고개를 기웃거리던 순간의 표정, 그것이 무슨 기적의 예시 같기만 하였다.

이인국 박사는 신음 소리에 놀라 눈을 떴다.

복도에 켜 있는 엷은 전등 불빛이 쇠창살을 거쳐 방 안에 줄무늬를 놓으며 비쳐 들어왔다. 그는 환기창 쪽을 올려다보았다. 아직도 동도 트지 않은 깜깜한 밤이다.

생똥 냄새가 코를 찌른다. 바짓가랑이 한쪽이 축축하다. 만져 본 손을 코에 갖다 댔다. 구역질이 난다. 역시 똥 냄새다.

옆에 누운 청년의 앓는 소리는 계속되고 있다. 찬찬히 눈여겨보았다. 청년 궁둥이도 젖어 있다.

'설산가 보다.'

그는 살창문을 흔들며 교화소원*을 고함쳐 불렀다.

"뭐야!"

자다가 깬 듯한 흐린 소리가 들려왔다.

"환자가……. 이거 봐요."

창살 사이로 들여다보는 소원의 얼굴은 역광 속에서 챙 붙은 모자 밑의 둥그스름한 윤곽밖에 알려지지 않는다.

이인국 박사는 청년의 궁둥이께를 손가락으로 가리키며 들

---

* 교화소원 '교화소'는 '교도소'의 옛 용어이고, '소원'은 거기서 일하는 교도관.

여다보고 있다.

"이거, 피로군, 피야."

그는 그제서야 붉은빛을 발견하곤 놀란 소리를 쳤다.

"적리[*]야, 이질……."

그는 직업의식에서 떠오르는 대로 큰 소리를 질렀다.

"뭐, 적리?"

바깥 소리는 확실히 납득이 안 간 음성이다.

"피똥 쌌소, 피똥을……. 이것 봐요."

그는 언성을 더욱 높였다.

"응, 피똥……."

아우성 소리에 감방 안의 사람들은 하나둘 눈을 뜨며 저마다 놀란 소리를 쳤다.

"적리, 이거 전염병이오, 전염병."

"뭐, 전염병……."

그제서야 교화소원이 문을 열고 들어왔다.

얼마 후 환자는 격리되었고 남은 사람들은 똥을 닦느라고 한참 법석을 치고 다시 잠을 불러일으키질 못했다.

이튿날 미결감[*] 다른 감방에서 또 같은 증세의 환자가 두셋 발생했다. 날이 갈수록 환자는 늘기만 했다.

이 판국에 병만 나면 열의 아홉은 죽는 길밖에 없다고 생각

• 적리 급성 전염병인 이질의 하나.
• 미결감 법적 판결이 나지 않은 상태로 구금되어 있는 미결수를 가두어 두는 감방.

한 이인국 박사는 새로운 위협에 사로잡히기 시작했다.

저녁 후 이인국 박사는 고문관실로 불려 나갔다.

"동무는 당분간 환자의 응급 치료실에서 일하시오."

이게 무슨 청천벽력* 같은 기적일까, 그는 통역의 말을 의심했다.

소련 장교와 통역관을 번갈아 쳐다보는 그의 눈동자는 생기를 띠어 갔다.

"알겠소, 엥……?"

"네."

다짐에 따라 이인국 박사는 기쁨을 억지로 감추며 평범한 어조로 대답했다.

'글쎄 하늘이 무너져도 솟아날 구멍은 있다니까.'

그는 아무 표정도 나타내지 않으려고 이를 악물었다.

죽어 넘어진 송장이 개 치우듯 꾸려져 나가는 것을 보고 이인국 박사는 꼭 자기 일같이만 느껴졌다.

"의사, 이것은 나의 천직이다."

그는 몇 번이고 감격에 차 중얼거렸다. 그는 있는 힘을 다해 자기 담당의 환자를 치료했다. 이러한 일은 그의 실력이 혹부리 고문관의 유다른 관심을 끌게 한 계기를 만들어 주었다.

---

* 청천벽력 맑게 갠 하늘에서 치는 날벼락이라는 뜻으로, 뜻밖에 일어난 큰 변고나 사건을 비유적으로 이르는 말.

사상범을 옥사시킨 경우는 책임자에게 큰 문책이 온다는 것은 훨씬 후에야 그가 안 일이다.

소련 군의관에게 기술이 인정된 이인국 박사는 계속 병원에 근무하게 되었다. 그러나 죄상 처벌의 결말에 대하여는 알 길이 없었다.

그는 이 절호의 기회를 최대한으로 활용하고 싶었다. 이제는 죽어도 한이 없을 것만 같았다.

어떻게 하여 이 보이지 않는 구속에서까지 완전히 벗어날 수는 없을까.

그는 환자의 치료를 하면서도 늘 스텐코프의 왼쪽 뺨에 붙은 오리알만 한 혹을 생각하고 있었다.

불구라면 불구로 볼 수 있는 그 혹을 가지고 고급 장교에까지 승진했다는 것은 소위 말하는 당성(黨性)˙이 강하거나 그렇지 않으면 전공(戰功)˙이 특별했음에 틀림없다는 생각이 들었다.

그것 하나만 물고 늘어지면 무엇인가 완전히 살아날 틈새기가 생길 것만 같았다.

이인국 박사의 뜨내기 노어도 가끔 순시하는 스텐코프와 인사말은 주고받을 수 있을 정도로 진전되었다.

이 안에서의 모든 독서는 금지되었지만 노어 교본과 당사(黨史)˙만은 허용되었다.

• 당성 당원이 자신이 속한 당의 이익을 위하여 거의 무조건 가지는 충실한 마음과 행동.
• 전공 전투에서 세운 공로.
• 당사 정당의 역사를 다룬 서적.

이인국 박사는 마치 생명의 열쇠나 되는 듯이 초보 노어책을
거의 암송하다시피 했다.

크리스마스를 전후하여 장교들의 주연이 베풀어지는 기회가
거듭되었다.

얼근히 주기를 띤 스텐코프가 순시를 돌았다.

이인국 박사는 오늘의 이 기회를 놓치지 않겠다고 마음먹
었다.

수일 전 소군 장교 한 사람이 급성 맹장염이 터져 복막염으
로 번졌다.

그 환자의 실을 뽑는 옆에 온 스텐코프에게 이인국 박사는
말 절반 손짓 절반으로 혹을 수술하겠다는 의사를 표명했다.

스텐코프는 '하라쇼'[*]를 연발했다.

그 후 몇 번 통역을 사이에 두고 수술 계획에 대한 자세한 의
사를 진술할 기회가 생겼다.

이인국 박사는 일본인 시장의 혹을 수술하던 일을 회상하면
서 자신 있는 설복을 했다.

'동경 경응 대학 병원에서도 못 하겠다는 것을 내가 거뜬히
해치우지 않았던가.'

그는 혼자 머릿속에서 자문자답하면서 이번 일에 도박 같은
심정으로 생명을 걸었다.

---

* 하라쇼 '좋습니다'라는 뜻의 러시아어.

소련 군의관을 입회시키고 몇 차례의 예비 진단이 치러졌다.

수술일은 왔다.

이인국 박사는 손에 익은 자기 병원의 의료 기재를 전부 운반하여 오게 했다.

군의관 세 사람이 보조하기로 했지만 집도는 이인국 박사 자신이 했다. 야전 병원의 젊은 군의관들이란 그에게 있어선 한갓 풋내기로밖에 보이지 않았다.

그는 수술을 진행하는 동안 그들 군의관들을 자기 집 조수 부리듯 했다. 집도 이후의 수술대는 완전히 자기 전단* 하의 왕국이라고 생각되었다.

그러나 아까 수술 직전에 사인한, 실패되는 경우에는 총살에 처한다는 서약서가 통일된 정신을 순간순간 흐려 놓곤 한다.

수술대에 누운 스텐코프의 침착하면서도 긴장에 찼던 얼굴, 그것도 전신 마취가 끝난 후 삼 분이 못 갔다.

간호부는 가제로 이인국 박사의 이마에 내맺힌 땀방울을 연방 찍어 내고 있다.

기구가 부딪는 금속성과 서로의 숨소리만이 고촉* 의 반사등이 내리비치는 방 안의 질식할 것 같은 침묵을 헤살 짓고* 있다.

수술은 예상 이상의 단시간으로 끝났다.

위생복을 벗은 이인국 박사의 전신은 땀으로 흠뻑 젖었다.

* 전단 혼자 마음대로 결정하고 단행함.
* 고촉 밝기의 도수가 높은 불빛.
* 헤살 짓다 일을 짓궂게 훼방하다.

완치되어 퇴원하는 날, 스텐코프는 이인국 박사의 손을 부서져라 쥐면서 외쳤다.

"꺼삐딴* 리, 쓰빠씨보*."

이인국 박사는 입을 헤벌리고 웃기만 했다. 마음의 감옥에서 해방된 것만 같았다.

"아진,* 아진……. 오쉔* 하라쇼."

스텐코프는 엄지손가락을 높이 들면서 네가 첫째라는 듯이 이인국 박사의 어깨를 치며 찬양했다.

다음 날 스텐코프는 이인국 박사를 자기 방으로 불렀다.

그가 이인국 박사에게 스스로 손을 내밀어 예절적인 악수를 청한 것은 이것이 처음이다.

'적과 적이 맞부딪치면서 이렇게 백팔십도로 전환될 수가 있을까, 노랑대가리도 역시 본심에서는 하나의 인간임에는 틀림없는 것이 아닌가.'

"내일부터는 집에서 통근해도 좋소."

이인국 박사는 막혔던 둑이 터지는 것 같은 큰 숨을 삼켜 가면서 내쉬었다.

• 꺼삐딴 영어 '캡틴(captain)'에 해당하는 러시아어로, 1945년 8·15 해방 직후 소련군이 북한에 주둔하면서 '까삐딴'이 '우두머리'나 '최고'라는 뜻으로 사용되었는데, 그 발음이 와전되어 '꺼삐딴'으로 통용됨.
• 쓰빠씨보 '고맙소'라는 뜻의 러시아어.
• 아진 '아주'라는 뜻의 러시아어.
• 오쉔 '참으로'라는 뜻의 러시아어.

이번에는 이인국 박사가 스텐코프의 손을 잡았다.

"쓰빠씨보, 쓰빠씨보."

"혹 나한테 무슨 부탁이 없소?"

이인국 박사는 문득 시계가 머리에 떠올랐다.

그러면서도 곧이어 이 마당에 그런 이야기를 꺼낸다는 것은 오히려 꾀죄죄하게 보이지 않을까 하는 생각이 뒤따랐다. 그러나 아무래도 그 미련이 가셔지지 않았다.

이인국 박사는 비록 찾지 못하는 경우가 있더라도 솔직히 심중을 털어놓으리라고 마음먹었다.

그는 통역의 보조를 받아 가며 시간과 장소를 정확히 회상하면서 시계를 약탈당한 경위를 상세히 설명하였다.

스텐코프는 혹이 붙었던 뺨을 쓰다듬으면서 긴장된 모습으로 듣고 있었다.

"염려 없소, 독토르 리, 위대한 붉은 군대가 그럴 리가 없소. 만약 있었다 하더라도 그것은 무슨 착각이었을 것이오. 내가 책임지고 찾도록 하겠소."

스텐코프의 얼굴에 결의를 띤 심각한 표정이 스쳐 가는 것을 이인국 박사는 똑바로 쳐다보았다.

'공연한 말을 끄집어내어 일껏 잘되어 가는 일에 부스럼을 만드는 것은 아닐까.'

그는 솟구치는 불안과 후회를 짓눌렀다.

"안심하시오, 독토르 리, 하하하."

스텐코프는 큰 웃음으로 넌지시 말끝을 막았다.

이인국 박사는 죽음의 직전에서 풀려나 집으로 향했다.

어느 사이에 저렇게 노어로 의사 표시를 할 수 있게 되었느냐고 스텐코프가 감탄하더라는 통역의 말을 되뇌면서…….

차가 브라운 씨의 관사 앞에 닿았다.

성조기를 보면서 이인국 박사는 그날의 적기와 돌려 온 시계를 생각하고 있었다.

응접실에 안내된 이인국 박사는 주인이 나오기를 기다리면서 방 안을 둘러보았다. 대사관으로는 여러 번 찾아갔지만 집으로 찾아온 것은 이번이 처음이다.

삼 년 전 딸이 미국으로 갈 때부터 신세 진 사람이다.

벽 쪽 책꽂이에는 『이조실록』『대동야승』 등 한적(漢籍)˙이 빼곡히 차 있고 한쪽에는 고서의 질책˙이 가지런히 쌓여져 있다.

맞은편 책장 위에는 작은 금동 불상 곁에 몇 개의 골동품이 진열되어 있다. 십이 폭 예서(隸書)˙ 병풍 앞 탁자 위에 놓인 재떨이도 세월의 때 묻은 백자기다.

저것들도 다 누군가가 가져다준 것이 아닐까 하는 데 생각이 미치자 이인국 박사는 얼굴이 화끈해졌다.

그는 자기가 들고 온 상감진사˙ 고려청자 화병에 눈길을 돌

- 한적 한문으로 쓴 책.
- 질책 여러 권으로 된 한 벌의 책.
- 예서 한자 붓글씨체의 한 가지.
- 상감진사 도자기 표면에 새긴 문양에 붉은색을 띠는 안료인 진사를 입히는 기법.

렸다. 사실 그것을 내놓는 데는 얼마간의 아쉬움이 없지 않았다. 국외로 내어보낸다는 자책감 같은 것은 아예 생각해 본 일이 없는 그였다.

차라리 이인국 박사에게는, 저렇게 많으니 무엇이 그리 소중하고 달갑게 여겨지겠느냐는 망설임이 더 앞섰다.

브라운 씨가 나오자 이인국 박사는 웃으며 선물을 내어놓았다. 포장을 풀고 난 브라운 씨는 만면에 미소를 띠며 기쁨을 참지 못하는 듯 '생큐'를 거듭 부르짖었다.

"참 이거 귀중한 것입니다."

"뭐 대단한 것이 아닙니다만 그저 제 성의입니다."

이인국 박사는 안도감에 잇닿는 만족을 느끼면서 브라운 씨의 기쁨에 맞장구를 쳤다.

브라운 씨의 영어 반 한국말 반으로 섞어 하는 이야기를 들으면서, 이인국 박사는 흐뭇한 기분에 젖었다.

"닥터 리는 영어를 어디서 배웠습니까?"

"일제 시대에 일본 말 식으로 배웠지요. 예를 들면 '잣도 이즈 아 갯도'* 식으루요."

"그런데 지금 발음은 좋은데요. 문법이 아주 정확한 스탠더드 잉글리시입니다."

그는 이 말을 들을 때 문득 스텐코프의 말이 연상됐다. 그러고 보면 영국에 조상을 가진다는 브라운 씨는 알(R) 발음을 그

---

* 잣도 이즈 아 갯도 'That is a cat.'(댓 이즈 어 캣)이라는 영어 문장을 일본어식으로 읽은 것.

렇게 나타내지 않는 것 같게 여겨졌다.

"얼마 전부터 개인 교수를 받고 있습니다."

"아, 그렇습니까."

이인국 박사는 자기의 어학적 재질에 은근히 자긍*을 느꼈다.

브라운 씨가 부엌 쪽으로 갔다 오더니 양주 몇 병이 놓인 쟁반이 따라 나왔다.

"아무거라도 마음에 드는 것으로 하십시오."

이인국 박사는 보드카 잔을 신통한 안주도 없이 억지로라도 단숨에 들이켜야 속 시원해하던 스텐코프를 브라운 씨 얼굴에 겹쳐 보고 있다.

그는 혈압 때문에 술을 조절해야 하는 자기 체질에 알맞게 스카치 잔을 핥듯이 조금씩 목을 축이면서 브라운 씨의 이야기를 기다렸다.

"그거, 국무성*에서 통지 왔습니다."

이인국 박사는 뛸 듯이 기뻤으나 솟구치는 흥분을 억제하면서 천천히 손을 내밀어 악수를 청했다.

"생큐, 생큐."

어쩌면 이것은 수술 후의 스텐코프가 자기에게 하던 방식 그대로인지도 모른다는 생각이 들었다.

이인국 박사는 지성이면 감천이라고, 나의 처세법은 유에스

---

* 자긍 자신의 능력을 스스로 믿고 당당하게 여김.
* 국무성 미국의 외교 업무를 맡아보는 행정 기관.

에이˙에도 통하는구나 하는 기고만장한 기분이었다.

청자 병을 몇 번이고 쓰다듬으면서 술잔을 거듭하는 브라운 씨도 몹시 즐거운 표정이었다.

"미국에 가서의 모든 일도 잘 부탁합니다."

"네, 염려 마십시오. 떠나실 때 소개장을 써 드리지요."

"감사합니다."

"역사는 짧지만, 미국은 지상의 낙토˙입니다. 양국의 우호와 친선에 도움이 되기를 바랍니다."

"생큐……."

다음 날 휴전선 지대로 같이 수렵하러 가기로 약속하고 이인 국 박사는 브라운 씨 대문을 나섰다.

이번 새로 장만한 영국제 쌍발 엽총의 짙푸른 총신을 머리에 그리면서 그의 몸은 날기라도 할 듯이 두둥실 가벼웠다. 이인 국 박사는 아까 수술한 환자의 경과가 궁금했으나 그것은 곧 씻겨져 갔다.

그의 마음속에는 새로운 포부와 희망이 부풀어 올랐다.

신체검사는 이미 끝난 것이고 외무부 출국 수속도 국무성 통 지만 오면 즉일 될 수 있게 담당 책임자에게 교섭이 되어 있지 않은가? 빠르면 일주일 내에 떠나게 될지도 모른다는 브라운 씨의 말이 떠올랐다.

• 유에스에이(USA) 미국(United States of America).
• 낙토 늘 즐겁고 행복하게 살 수 있는 좋은 땅.

대학을 갓 나와 임상 경험도 신통치 않은 것들이 미국에만 갔다 오면 별이라도 딴 듯이 날치는 꼴이 눈꼴사나웠다.

'어디 나도 다녀오고 나면 보자!'

문득 딸 나미와 아들 원식의 얼굴이 한꺼번에 망막으로 휘몰아 왔다. 그는 두 주먹을 불끈 쥐며 얼굴에 경련을 일으키듯이 긴장을 띠다가 어색한 미소를 흘려보냈다.

'흥, 그 사마귀 같은 일본 놈들 틈에서도 살았고 닥싸귀* 같은 로스케 속에서도 살아났는데, 양키라고 다를까……. 혁명이 일겠으면 일고, 나라가 바뀌겠으면 바뀌고, 아직 이 이인국의 살 구멍은 막히지 않았다. 나보다 얼마든지 날뛰던 놈들도 있는데, 나쯤이야…….'

그는 허공을 향하여 마음껏 소리치고 싶었다.

'그러면 위선* 비행기 회사에 들러 형편이나 알아볼까…….'

이인국 박사는 캘리포니아 특산 시가*를 비스듬히 문 채 지나가는 택시를 불러 세웠다.

그는 스프링이 튈 듯이 박스에 털썩 주저앉았다.

"반도호텔로……."

차창을 거쳐 보이는 맑은 가을 하늘이 이인국 박사에게는 더욱 푸르고 드높게만 느껴졌다.

〔1962〕

---

* 닥싸귀 닥사리. '도깨비바늘'의 사투리로, 거꾸로 된 가시가 있어 다른 물체에 잘 붙음.
* 위선 우선.
* 시가(cigar) 담뱃잎을 썰지 않고 통째로 얇은 종이로 말아 놓은 담배.

1 주인공 이인국 박사는 회중시계를 보며 어지러웠던 과거를 떠올린다. 소설 속의
사건을 시간순으로 정리해 보자.

> ㉠ 외국인 교수와 결혼하겠다는 딸의 편지를 받음.
> ㉡ 자신이 운영하는 병원에서 사상범의 입원을 거부함.
> ㉢ 아들을 모스크바로 유학 보냄.
> ㉣ 반민족 행위를 한 까닭으로 연행되어 감옥에 수감됨.
> ㉤ 미국에 쉽게 가기 위해 대사관의 브라운 씨에게 선물을 건넴.
> ㉥ 일제 강점기에 경성 제국 대학을 우수한 성적으로 졸업하면서 회중
> 시계를 상으로 받음.

2 작품의 내용을 바탕으로 중심인물인 '이인국'을 소개하는 인물 카드를 작성해 보자.

이름	이인국
직업	
출생 및 활동 시기	일제 강점기에 태어나 8·15광복과 6·25전쟁을 겪음.
가족 관계	
특기	일본어, 러시아어, 영어 등 외국어에 능통함.
성품	

3 [가]에서 설명하고 있는 역사적 배경을 참고하여 [나]에 드러난 이인국의 행적을 통해 작가가 비판하고자 하는 것이 무엇인지 써 보자.

【가】 1945년 8월 미국이 히로시마에 원자 폭탄을 투하하자 결국 일본은 항복했고, 이로써 우리는 35년간의 식민 통치에서 벗어날 수 있었다. 그러나 전쟁에서 승리한 연합국의 미국과 소련의 이해가 엇갈리면서 삼팔선을 기준으로 북쪽은 소련이, 남쪽은 미국이 통치하게 된다. 결국 1948년, 남북한에 서로 다른 두 개의 정부가 세워진 뒤 1950년 6월 25일 한국 전쟁이 발발하였고 이후 남북이 분단되어 서로 왕래할 수 없게 된다.

【나】 '흥. 그 사마귀 같은 일본 놈들 틈에서도 살았고 닥싸귀 같은 로스케 속에서도 살아났는데, 양키라고 다를까……. 혁명이 일겠으면 일고, 나라가 바뀌겠으면 바뀌고, 아직 이 이인국의 살 구멍은 막히지 않았다. 나보다 얼마든지 날뛰던 놈들도 있는데, 나쯤이야…….'

4 일제 강점기부터 1950년대에 이르기까지 격변하는 시대를 살았던 인물의 삶에 대해 공감할 만한 것과 비판할 만한 것을 생각해 보고, '이인국'의 인물됨에 대한 나의 생각을 써 보자.

공감할 만한 것	비판할 만한 것

'이인국'의 인물됨에 대한 나의 생각

나는 이인국이 ------------------------------ 라고 생각해.
왜냐하면 -------------------------------------

------------------------ (이)기 때문이야.

수난 이대

하근찬

하근찬

소설가. 1931년 경상북도 영천에서 태어나 2007년 작고했다. 전주사범학교를 졸업하고 교사로 근무했고, 이후 동아대학교 토목공학과에 진학했으나 중퇴했다. 1957년 한국일보 신춘문예에 단편소설 「수난 이대」가 당선되어 등단했다. 주요 작품으로 「수난 이대」 「왕릉과 주둔군」 「족제비」 등이 있다.

읽기 전에 ······························

나의 삶에 영향을 준 사건들로 '인생 그래프'를 그려 본다고 상상해 보세요. 때로는 위로 쭉쭉 뻗어 올라가는 행복한 순간도 있고, 때로는 아래로 곤두박질치는 힘든 순간도 있을 것입니다. 인생 최대 위기의 순간을 만났을 때 우리는 어떻게 해야 할까요? 시련과 고난 앞에서 그것을 극복하는 방법은 사람마다 다를 테지만, 혼자서는 이겨 내기 힘든 아픔도 서로서로 의지하고 견뎌 낸다면 조금은 쉽게 극복할 수 있겠지요? 여기, 우리 민족이 겪은 수난의 역사 한가운데 자리 잡은 아버지와 아들의 이야기가 있습니다. 두 인물을 통해 그 당시 사회의 모습을 파악해 보고, 그들은 자신이 처한 시대 상황에 어떻게 대응하며 살아가는지 살펴봅시다.

진수가 돌아온다. 진수가 살아서 돌아온다. 아무개는 전사했다는 통지가 왔고, 아무개 아무개는 죽었는지 살았는지 통 소식도 없는데, 우리 진수는 살아서 오늘 돌아오는 것이다. 생각할수록 어깻바람이 날 일이었다. 그래 그런지 몰라도 박만도는 여느 때 같으면 아무래도 한두 군데 앉아 쉬어야 넘어설 수 있는 용머리재를 단숨에 올라채고 말았다. 가슴이 펄럭거리고 허벅지가 뻐근했다. 그러나 그는 고갯마루에서도 쉴 생각을 하지 않았다. 들 건너 멀리 바라보이는 정거장에서 연기가 물씬물씬 피어오르며 삐익 기적 소리가 들려왔기 때문이다. 아들이 타고 내려올 기차는 점심때가 가까워야 도착한다는 것을 모르는 바 아니었다. 해가 이제 겨우 산등성이 위로 한 뼘가량 떠올랐으니 오정*이 되려면 아직 차례 멀었다. 그러나 그는 공연히 마음이 바빴다. 까짓것, 잠시 앉아 쉬면 뭐 할 끼고.

만도는 손가락으로 한쪽 콧구멍을 찍 누르면서 팽! 마른 코를 풀어 던졌다. 그리고 휘청휘청 고갯길을 내려간다.

내리막은 오르막에 비하면 아무것도 아니었다. 대고* 팔을

---

* 오정 정오. 낮 열두 시.

흔들라치면 절로 굴러 내려가는 것이다. 만도는 오른쪽 팔만을 앞뒤로 흔들고 있었다. 왼쪽 팔은 조끼 주머니에 아무렇게나 쑤셔 넣고 있는 것이다. 삼대독자가 죽다니 말이 되나, 살아서 돌아와야 일이 옳고말고. 그런데 병원에서 나온다 하니 어디를 좀 다치기는 다친 모양이지만, 설마 나같이 이렇게야 되지 않았겠지. 만도는 왼쪽 조끼 주머니에 꽂힌 소맷자락을 내려다보았다. 그 소맷자락 속에는 아무것도 든 것이 없었다. 그저 소맷자락만이 어깨 밑으로 덜렁 처져 있는 것이다. 그래서 노상 그쪽은 조끼 주머니 속에 꽂혀 있는 것이다. 볼기짝이나 장딴지 같은 데를 총알이 약간 스쳐 갔을 따름이겠지. 나처럼 팔뚝 하나가 몽땅 달아날 지경이었다면 엄살스러운 놈이 견뎌 냈을 턱이 없고말고. 슬며시 걱정이 되기도 하는 듯, 그는 속으로 이런 소리를 주워섬겼다.

내리막길은 빨랐다. 벌써 고갯마루가 저만큼 높이 쳐다보였다. 산모퉁이를 돌아서면 이제 들판이다.

내리막길을 쏘아 내려온 기운 그대로, 만도는 들길을 잰걸음쳐 나가다가 개천 둑에 이르러서야 걸음을 멈추었다. 외나무다리가 놓여 있는 조그마한 시냇물이었다. 한여름 장마철에 들어설라치면 배꼽이 묻히는 수도 있었지마는, 요즈음엔 무릎이 잠길 듯 말 듯 한 물이었다. 가을이 깊어지면서부터 물은

밑바닥이 환히 들여다보일 만큼 맑아져 갔다. 소리도 없이 미끄러져 내려가는 물을 가만히 내려다보고 있으면 절로 이가 시려 온다.

만도는 물기슭에 내려가서 쭈그리고 앉아 한 손으로 고의춤*을 풀어 헤쳤다. 오줌을 찌익 갈기는 것이다. 거울 면처럼 맑은 물 위에 오줌이 가서 부글부글 끓어오르며 뿌우연 거품을 이루니 여기저기서 물고기 떼가 모여든다. 제법 엄지손가락만씩 한 피리*도 여러 마리다. 한 바가지 잡아서 회 쳐 놓고 한잔 쭈욱 들이켰으면……. 군침이 목구멍에서 꿀꺽했다. 고기 떼를 향해서 마른 코를 팽팽 풀어 던지고, 그는 외나무다리를 조심히 디뎠다.

길이가 얼마 되지 않는 다리였으나, 아래로 물을 내려다보면 제법 아찔했다. 그는 이 외나무다리를 퍽 조심했다.

언젠가 한번 읍에서 술이 꽤 되어 가지고 흥청거리며 돌아오다가 물에 굴러떨어진 일이 있었던 것이다. 지나치는 사람이 없었기에 망정이지 누가 보았더라면 큰 웃음거리가 될 뻔했었다. 발목 하나를 약간 접쳤을 뿐, 크게 다친 데는 없었다. 이른 가을철이었기 때문에 옷을 벗어 둑에 널어놓고 말릴 수는 있었으나, 여간 창피스러운 것이 아니었다. 옷이 말짱 젖었다거나 옷이 마를 때까지 발가벗고 기다려야 한다거나 해서가 아

---

* 고의춤 고의나 바지의 허리를 접어서 여민 사이.
* 피리 '송사리'의 사투리.

니었다. 팔뚝 하나가 몽땅 잘려 나간 흉측한 몸뚱어리를 하늘 앞에 드러내 놓고 있어야 했기 때문이었다. 지나치는 사람이 있을라치면 하는 수 없이 물속으로 뛰어 들어가서 얼굴만 내 놓고 앉아 있었다. 물이 선뜩해서* 아래턱이 덜덜거렸으나, 오 그라 붙는 사타구니께를 한 손으로 꽉 움켜쥐고 버티는 수밖 에 없었다.

"흐흐흐……."

그때 일을 생각하면 지금도 곧 웃음이 터져 나온다. 하늘로 쳐들린 콧구멍이 연방 벌름거렸다.

개천을 건너서 논두렁길을 한참 부지런히 걸어가노라면 읍 으로 들어가는 한길이 나선다. 도로변에 먼지를 부옇게 덮어 쓰고 도사리고 앉아 있는 초가집은 주막이다. 만도가 읍에 나 올 때마다 꼭 한 번씩 들르곤 하는 단골집인 것이다. 이 집 눈 썹이 짙은 여편네와는 예사로 농을 주고받는 사이다.

술방 문턱을 넘어서며 만도가,

"서방님 들어가신다."

하면 여편네는,

"아이 문둥아, 어서 오느라."

하는 것이 인사처럼 되어 있었다. 만도는 여간 언짢은 일이 있 어도 이 여편네의 궁둥이 곁에 가서 앉으면 속이 저절로 쑥 내 려가는 것이었다.

* 선뜩하다 갑자기 서늘한 느낌이 있다.

주막 앞을 지나치면서 만도는 술방 문을 열어 볼까 했으나, 방문 앞에 신이 여러 켤레 널려 있고, 방 안에서 웃음소리가 요란하기 때문에 돌아오는 길에 들르기로 하였다.

신작로에 나서면 금세 읍이었다. 만도는 읍 들머리*에서 잠시 망설이다가, 정거장 쪽과는 반대되는 방향으로 걸음을 옮겼다. 장거리*를 찾아가는 것이었다. 진수가 돌아오는데 고등어나 한 손* 사 가지고 가야 될 게 아닌가 싶어서였다. 장날은 아니었으나, 고깃전에는 없는 고기가 없었다. 이것을 살까 하면 저것이 좋아 보이고, 그것을 사러 가면 또 그 옆의 것이 먹음직해 보였다. 한참 이리저리 서성거리다가 결국은 고등어 한 손이었다. 그것을 달랑달랑 들고 정거장을 향해 가는데, 겨드랑 밑이 간질간질해 왔다. 그러나 한쪽밖에 없는 손에 고등어를 들었으니 참 딱했다. 어깻죽지를 연방 위아래로 움직거리는 수밖에 없었다.

정거장 대합실*에 들어선 만도는 먼저 벽에 걸린 시계부터 바라보았다. 2시 20분이었다. 벌써 2시 20분이라니 내가 잘못 보나……. 아무리 두 눈을 씻고 보아도 시계는 틀림없는 2시 20분인 것이었다. 한쪽 걸상에 가서 궁둥이를 붙이면서도 곧장 미심쩍어했다. 2시 20분이라니, 그럼 벌써 점심때가 지났

• 들머리 들어가는 맨 첫머리.
• 장거리 장이 서는 거리.
• 손 한 손에 잡을 만한 분량을 세는 단위. 생선 한 손은 보통 두 마리를 가리킴.
• 대합실 공공시설에서 손님이 기다리며 머물 수 있도록 마련한 곳.

단 말인가. 말도 아닌 것이다. 자세히 보니 시계는 유리가 깨어졌고, 먼지가 꺼멓게 앉아 있었다. 그러면 그렇지, 엉터리였다. 벌써 그렇게 되었을 리가 없는 것이다.

"여보이소, 지금 몇 싱교?"

맞은편에 앉은 양복쟁이한테 물어보았다.

"10시 40분이오."

"예, 그렁교."

만도는 고개를 굽실하고는 두 눈을 연방 껌벅거렸다. 10시 40분이라, 보자…… 그러면 아직도 한 시간이나 남았구나. 그는 이제 안심이 되는 듯 후유 숨을 내쉬었다. 궐련*을 한 개 빼물고 불을 댕겼다.

정거장 대합실에 와서 이렇게 도사리고 앉아 있노라면, 만도는 곧잘 생각히는* 일이 한 가지 있었다. 그 일이 머리에 떠오르면 등골을 찬 기운이 쫙 스쳐 내려가는 것이었다. 손가락이 시퍼렇게 굳어진, 이끼 낀 나무토막 같은 팔뚝이 지금도 저만큼 눈앞에 보이는 듯했다.

바로 이 정거장 마당에 백 명 남짓한 사람들이 모여 웅성거리고 있었다. 그중에는 만도도 섞여 있었다. 기차를 기다리고 있는 것이었으나, 그들은 모두 자기네들이 어디로 가는 것인

●궐련 얇은 종이로 가늘고 길게 말아 놓은 담배.
●생각히다 생각나다.

지 알지를 못했다. 그저 차를 타라면 탈 사람들이었다. 징용*
에 끌려 나가는 사람들이었다. 그러니까 지금으로부터 십이삼
년 옛날의 이야기인 것이다.

북해도* 탄광으로 갈 것이라는 사람도 있었고, 틀림없이 남
양 군도*로 간다는 사람도 있었다. 더러는 만주*로 가면 좋겠
다고 하기도 했다. 만도는 북해도가 아니면 남양 군도일 것이
고, 거기도 아니면 만주겠지, 설마 저희들이 하늘 밖으로야 끌
고 가겠느냐고, 아무렇지도 않은 듯이 그 들창코로 담배 연기
를 푹푹 내뿜고 있었다. 그러나 마음이 좀 덜 좋은 것은 마누
라가 저쪽 변소 모퉁이 벚나무 밑에 우두커니 서서 한눈도 안
팔고 이쪽만을 바라보고 있는 때문이었다. 그래서 그는 주머
니 속에 성냥을 두고도 옆 사람에게 불을 빌리자고 하며 슬며
시 돌아서 버리곤 했다.

플랫폼*으로 나가면서 뒤를 돌아보니, 마누라는 울 밖에 서
서 수건으로 코를 눌러 대고 있는 것이었다. 만도는 코허리*가
찡했다. 기차가 꽥꽥 소리를 지르면서 덜커덩! 하고 움직이기
시작했을 때는 정말 덜 좋았다. 눈앞이 뿌우옇게 흐려지는 것

---

* 징용 일제 강점기에 일본 제국주의자들이 조선 사람을 강제로 데려가 일을 시키던 것.
* 북해도 일본의 홋카이도.
* 남양 군도 제1차 세계 대전 이후부터 태평양 전쟁 때까지 일본 제국주의의 통치를 받던 태평양
  적도 부근의 섬 무리.
* 만주 중국 동북 지방을 이르는 말. 동쪽과 북쪽은 러시아와 접해 있고, 남쪽은 압록강과 두만강을
  경계로 한반도와 접해 있음.
* 플랫폼 역에서 기차를 타고 내리는 곳.
* 코허리 콧등의 잘록한 부분. 또는 콧방울 위의 잘록하게 들어간 곳.

을 어쩌지 못했다. 그러나 정거장이 까맣게 멀어져 가고, 차창 밖으로 새로운 풍경이 휙휙 날아들자, 그제야 아무렇지도 않아지는 것이었다. 오히려 기분이 유쾌해지는 것 같기도 했다.

바다를 본 것도 처음이었고, 그처럼 큰 배에 몸을 실어 본 것은 더구나 처음이었다. 배 밑창에 엎드려서 꽥꽥 게워 내는 사람들이 많았으나, 만도는 그저 골이 좀 땅했을 뿐 아무렇지도 않았다. 더러는 하루에 두 개씩 주는 뭉칫밥을 남기기도 했으나, 그는 한꺼번에 하루 것을 뚝딱해도 시원찮았다.

모두들 내릴 준비를 하라는 명령이 떨어진 것은 사흘째 되는 날 황혼 때였다. 제각기 봇짐*을 챙기기에 바빴다. 만도는 호박 덩이만 한 보따리를 옆구리에 덜렁 찼다. 갑판 위에 올라가 보니 하늘은 활활 타오르고 있고, 바닷물은 불에 녹은 쇠처럼 벌겋게 출렁거리고 있었다. 지금 막 태양이 물 위로 뚝 떨어져 가는 중이었다. 햇덩어리가 어쩌면 그렇게 크고 붉은지 정말 처음이었다. 그리고 바다 위에 주황빛으로 번쩍거리는 커다란 산이 둥둥 떠 있는 것이었다. 무시무시하도록 황홀한 광경에 모두들 딱 벌어진 입을 다물 줄 몰랐다. 만도는 어깨마루를 버쩍 들어 올리면서 히야, 고함을 질러 댔다. 그러나 섬에서 그들을 기다리고 있는 것은 숨 막히는 더위와 강제 노동과 그리고 잠자리만씩이나 한 모기떼…… 그런 것뿐이었다.

섬에다가 비행장을 닦는 것이었다. 모기에게 물려 혹이 된

---

* 봇짐 등에 지기 위하여 물건을 보자기에 싸서 꾸린 짐.

자리를 벅벅 긁으며 비 오듯 쏟아지는 땀을 무릅쓰고 아침부터 해가 떨어질 때까지 산을 허물어 내고, 흙을 나르고 하기란 고향에서 농사일에 뼈가 굳어진 몸에도 이만저만한 고역*이 아니었다. 물도 입에 맞지 않았고, 음식도 이내 변하곤 해서 도저히 견디어 낼 것 같지가 않았다. 게다가 병까지 돌았다. 일을 하다가도 벌떡 자빠지기가 예사였다. 그러나 만도는 아침저녁으로 약간씩 설사를 했을 뿐 넘어지지는 않았다. 물도 차츰 입에 맞아 갔고, 고된 일도 날이 감에 따라 몸에 배어드는 것이었다. 밤에 날개를 치며 몰려드는 모기떼만 아니면 그 냥저냥 배겨 내겠는데, 정말 그놈의 모기들만은 질색이었다.

　사람의 힘이란 무서운 것이었다. 그처럼 험난하던 산과 산 틈바구니에 비행장을 닦아 내고야 말았던 것이다. 그러나 일은 그것으로 끝나는 것이 아니고, 오히려 더 벅찬 일이 기다리고 있었다. 연합군의 비행기가 날아들면서부터 일은 밤중까지 계속되었다. 산허리에 굴을 파 들어가는 작업이었다. 비행기를 집어넣을 굴이었다. 그리고 모든 시설을 다 굴속으로 옮겨야 하는 것이었다.

　여기저기서 다이너마이트 튀는 소리가 산을 흔들어 댔다. 앵앵앵 하고 공습경보*가 나면 일을 하던 손을 놓고 모두 굴 바닥에 납작납작 엎드려 있어야 했다. 비행기가 돌아갈 때까지

• 고역 몹시 힘들고 고되어 견디기 어려운 일.
• 공습경보 적의 항공기가 공습하여 왔을 때 위험을 알리는 경보.

그러고 있는 것이었다. 어떤 때는 근 한 시간 가까이나 엎드려 있어야 하는 때도 있었는데, 차라리 그것이 얼마나 편한지 몰랐다. 그래서 더러는 공습이 있기를 은근히 기다리기도 했다. 때로는 공습경보의 사이렌을 듣지 못하고 그냥 일을 계속하는 수도 있었다. 그럴 때면 모두 큰 손해를 보았다고 야단들이었다. 어떻게 된 셈인지 사이렌이 미처 불기 전에 비행기가 산등성이를 넘어 들이닥치는 수도 있었다. 그럴 때는 정말 질겁을 했다. 가장 많이 피해를 낸 것도 그런 경우였다. 만도가 한쪽 팔뚝을 잃어버린 것도 바로 그런 때의 일이었다.

여느 날과 다름없이 굴속에서 바위를 허물어 내고 있었다. 바위 틈서리에 구멍을 뚫어서 다이너마이트 장치를 하는 것이었다. 장치가 다 되면 모두 바깥으로 나가고, 한 사람만 남아서 불을 댕기는 것이다. 그리고 그것이 터지기 전에 얼른 밖으로 뛰어나와야 한다.

만도가 불을 댕기는 차례였다. 모두 바깥으로 나가 버린 다음 그는 성냥을 꺼냈다. 그런데 웬 영문인지 기분이 꺼림칙했다. 모기에 물린 자리가 자꾸 쑥쑥 쑤시는 것이 아닌가. 긁적긁적 긁어 댔으나 도무지 시원한 맛이 없었다. 그는 이맛살을 찌푸리면서 성냥을 득! 그었다. 그래 그런지 몰라도 불은 이내 픽 하고 꺼져 버렸다. 성냥 알맹이 네 개째에서 겨우 심지에 불이 댕겨졌다. 심지에 불이 붙는 것을 보자, 그는 얼른 몸을 굴 밖으로 날렸다. 바깥으로 막 나서려는 때였다. 산이 무너지는 듯한 소리와 함께 사나운 바람이 귓전을 후려갈기는 것이었다. 만도는 정신이 아찔했다. 공습이었던 것이다. 산등성이를 넘어 달려든 비행기가 머리 위로 아슬아슬하게 지나가는 것이었다. 미처 정신을 차리기도 전에 또 한 대가 뒤따라 날아드는 것이 아닌가. 만도는 그만 넋을 잃고 굴 안으로 도로 달려 들어갔다. 달려 들어가서 굴 바닥에 엎드리고 말았다. 그 순간이었다. 쾅! 굴 안이 미어지는 듯하면서 다이너마이트가 터졌다. 만도의 두 눈에서 불이 번쩍했다.

만도가 어렴풋이 눈을 떠 보니, 바로 거기 눈앞에 누구의 것인지 모를 팔뚝이 하나 아무렇게나 던져져 있었다. 손가락이 시퍼렇게 굳어져서 마치 이끼 낀 나무토막처럼 보이는 팔뚝이었다. 만도는 그것이 자기의 어깨에 붙어 있던 것인 줄을 알자, 그만 으악! 정신을 잃어버렸다. 재차 눈을 떴을 때는 그는 푹신한 담요 속에 누워 있었고, 한쪽 어깻죽지가 못 견디게 쿡쿡 쑤셔 댔다. 절단 수술이 이미 끝난 뒤였다.

꽤애액 기적 소리였다. 멀리 산모퉁이를 돌아오는가 보다. 만도는 자리를 털고 벌떡 일어서며 옆에 놓아둔 고등어를 집어 들었다. 기적 소리가 가까워질수록 그의 가슴이 울렁거렸다. 대합실 밖으로 뛰어나가 플랫폼이 잘 보이는 울타리 쪽으로 가서 발돋움을 했다.

땡땡땡 종이 울리자, 잠시 후 차는 소리를 지르면서 들이닥쳤다. 기관차의 옆구리에서는 김이 픽픽 풍겨 나왔다. 만도의 얼굴은 바짝 긴장되었다. 시커먼 열차 속에서 꾸역꾸역 사람들이 밀려 나왔다. 꽤 많은 손님이 쏟아져 내리는 것이었다. 만도의 두 눈은 곧장 이리저리 굴렀다. 그러나 아들의 모습은 쉽사리 눈에 띄지가 않았다. 저쪽 출입구로 밀려가는 사람들의 물결 속에 두 개의 지팡이를 짚고 절룩거리면서 걸어 나가는 상이군인[*]이 있었으나, 만도는 그 사람에게 주의가 가지는 않았다.

기차에서 내릴 사람은 모두 내렸는가 보다. 이제 미처 차에 오르지 못한 사람들이 플랫폼을 이리저리 서성거리고 있을 뿐인 것이다. 그놈이 거짓으로 편지를 띄웠을 리는 없을 건데……. 만도는 자꾸 가슴이 떨렸다. 이상한 일인데…… 하고 있을 때였다. 분명히 뒤에서,

"아부지!"

부르는 소리가 들렸다. 만도는 깜짝 놀라며 얼른 뒤를 돌아보았다. 그 순간 만도의 두 눈은 무섭도록 크게 떠지고, 입은 딱 벌어졌다. 틀림없는 아들이었으나, 옛날과 같은 진수가 아니었다. 양쪽 겨드랑이에 지팡이를 끼고 서 있는데, 스쳐 가는 바람결에 한쪽 바짓가랑이가 펄럭거리는 것이 아닌가.

만도는 눈앞이 노오래지는 것을 어쩌지 못했다. 한참 동안 그저 멍멍하기만 하다가, 코허리가 찡해지면서 두 눈에 뜨거운 것이 핑 도는 것이었다.

"에라이 이놈아."

만도의 입술에서 모질게 튀어나온 첫마디였다. 떨리는 목소리였다. 고등어를 든 손이 불끈 주먹을 쥐고 있었다.

"이기 무슨 꼴이고, 이기."

"아부지!"

"이놈아, 이놈아……."

만도의 들창코가 크게 벌름거리다가 훌쩍 물코를 들이마셨다.

진수의 두 눈에서는 어느 결에 눈물이 꾀죄죄하게 흘러내리고 있었다. 만도는 모든 게 진수의 잘못이기나 한 듯 험한 얼굴로,

"가자, 어서!"

무뚝뚝한 한마디를 던지고는 성큼성큼 앞장을 서 가는 것이었다.

진수는 입술에 내려와 묻는 짭짤한 것을 혀끝으로 날름 핥아 버리면서 절름절름 아버지의 뒤를 따랐다.

앞장서 가는 만도는 뒤따라오는 진수를 한 번도 돌아보지 않았다. 한눈을 파는 법도 없었다. 무겁디무거운 짐을 진 사람처럼 땅바닥만을 내려다보며 이따금 끙끙거리면서 부지런히 걸어만 가는 것이다. 지팡이에 몸을 의지하고 걷는 진수가 성한 사람의, 게다가 부지런히 걷는 걸음을 당해 낼 수는 도저히 없었다. 한 걸음 두 걸음씩 뒤지기 시작한 것이 그만 작은 소리로 불러서는 들리지 않을 만큼 떨어져 버리고 말았다. 진수는 목구멍에서 왈칵 넘어오려는 뜨거운 기운을 참느라고 어금니를 야물게 깨물어 보기도 하였다. 그리고 두 개의 지팡이와 한

개의 다리를 열심히 움직여 대는 것이었다.

앞서간 만도는 주막집 앞에 이르자, 비로소 한 번 뒤를 돌아보았다. 진수는 오다가 나무 밑의 그늘에서 오줌을 누고 있었다. 지팡이는 땅바닥에 던져 놓고, 한쪽 손으로는 볼일을 보고, 한쪽 손으로는 나무둥치를 안고 있는 꼬락서니가 을씨년스럽기 이를 데 없었다. 만도는 눈살을 찌푸리며 으음 신음 소리 비슷한 무거운 소리를 토했다. 그리고 술방 앞으로 가서 방문을 왈칵 잡아당겼다.

기역 자 판 안에 도사리고 앉아서 속옷을 뒤집어 이를 잡고 있던 여편네가 킥 웃으며 후닥닥 옷섶을 여몄다. 그러나 만도는 웃지를 않았다. 방문턱을 넘어서면서도 서방님 들어가신다는 소리를 내뱉지 않았다. 이처럼 뚝뚝한* 얼굴을 하고 이 술방에 들어서기란 아마 처음 일일 것이다. 여편네가 멋도 모르고,

"오늘은 서방님 아닌가 배."

하고 킬룩 웃었으나, 만도는 으음 또 무거운 신음 소리를 했을 뿐이었다.

기역 자 판 앞에 가서 쭈그리고 앉기가 바쁘게,

"빨리빨리."

재촉이었다.

"하따나, 어지간히도 바쁜가 배."

"빨리 곱빼기로 한 사발 달라니까구마."

"오늘은 와 이카노?"

여편네가 건네주는 술 사발을 받아 들며, 만도는 후유 숨을 크게 내쉬었다. 그리고 입을 얼른 사발로 가져갔다. 꿀꿀꿀 잘도 넘어간다. 그 큰 사발을 단숨에 비워 버리고는 도로 여편네 앞으로 불쑥 내민다.

그렇게 거들빼기로* 석 잔을 해치우고서야 으으윽 게트림*을 했다. 여편네가 눈을 휘둥그레 가지고 혀를 내둘렀다. 빈속에 술을 그처럼 때려 마시고 보니 금세 눈두덩이 확확 달아오르고, 귀뿌리가 발갛게 익어 갔다.

술기가 얼근하게 돌자, 이제 좀 속이 풀리는 것 같아 방문을 열고 바깥을 내다보았다. 진수는 이마에 땀을 척척 흘리면서 저만큼 오고 있었다.

"진수야!"

버럭 소리를 질렀다.

"이리 들어와 보래."

진수는 아무런 대꾸도 없이 어기적어기적 다가왔다.

다가와서 방문턱에 걸터앉으니까 여편네가 보고,

"방으로 좀 들어오이소."

한다.

"여기 좋심더."

• 거들빼기로 '연거푸' '거듭'의 사투리.
• 게트림 거만스럽게 거드름을 피우며 하는 트림.

그는 수세미 같은 손수건으로 이마와 코언저리를 아무렇게나 훔친다.

"마, 아무 데서나 묵어라. 저, 국수 한 그릇 말아 주소."

"야."

"곱빼기로 잘 좀…… 참지름도 치소, 잉?"

"야아."

여편네는 코로 히죽 웃으면서 만도의 옆구리를 살짝 꼬집고는, 소쿠리에서 삶은 국수 두 뭉텅이를 집어 든다.

진수가 국수를 훌훌 끌어 넣고 있을 때, 여편네는 만도의 귓전으로 얼굴을 살짝 갖다 댄다.

"아들인가?"

만도는 고개를 약간 앞뒤로 끄덕거렸을 뿐 좋은 기색을 하지 않았다.

진수가 국물을 훌쩍 들이마시고 나자 만도는,

"한 그릇 더 묵을래?"

한다.

"아니예."

"한 그릇 더 묵지 와?"

"고만 묵을랍니다."

진수는 입술을 썩 닦으며 부스스 자리에서 일어났다.

• 훔치다 물기나 때 따위가 묻은 것을 닦아 말끔하게 하다.
• 참지름 '참기름'의 사투리.

주막을 나선 그들 부자는 논두렁길로 접어들었다. 조금 전처럼 만도가 앞장을 서는 것이 아니라, 이번에는 진수를 앞세웠다. 지팡이를 짚고 기우뚱기우뚱 앞서가는 아들의 뒷모습을 바라보며 팔뚝이 하나밖에 없는 아버지가 느릿느릿 따라가는 것이다. 손에 매달린 고등어가 곧장 달랑달랑 춤을 춘다. 너무 급하게 들이부어서 그런지 만도의 배 속에서는 우글우글 술이 끓고, 다리가 휘청거린다. 콧구멍으로 더운 숨을 훅훅 내뿜어 본다. 정신이 아른하다. 좋다.

"진수야!"

"예."

"니 우짜다가 그래 됐노?"

"전쟁하다가 이래 안 됐십니꺼. 수류탄 쪼가리에 맞았심더."

"수류탄 쪼가리에?"

"예."

"음……."

"얼른 낫지 않고 막 썩어 들어가기 땜에 군의관°이 짤라 버립디더, 병원에서예."

"……."

"아부지!"

"와?"

"이래 가지고 나 우째 살까 싶습니더."

° 군의관 군대에서 의사의 임무를 맡고 있는 장교.

"우째 살긴 뭘 우째 살아. 목숨만 붙어 있으면 다 사는 기다. 그런 소리 하지 마라."

"……."

"나 봐라, 팔뚝이 하나 없어도 잘만 안 사나. 남 봄에 좀 덜 좋아서 그렇지, 살기사 와 못 살아."

"차라리 아부지같이 팔이 하나 없는 편이 낫겠어예. 다리가 없어 노니 첫째 걸어 댕기기가 불편해서 똑 죽겠심더."

"야야, 안 그렇다. 걸어 댕기기만 하면 뭐 하노. 손을 제대로 놀려야 일이 뜻대로 되지."

"그럴까예?"

"그렇다니까. 그러니까 집에 앉아서 할 일은 니가 하고, 나 댕기메 할 일은 내가 하고, 그라면 안 되겠나, 그제?"

"예."

진수는 가벼운 한숨을 내쉬며 아버지를 돌아보았다. 만도는 돌아보는 아들의 얼굴을 향해서 지그시 웃어 주었다.

술을 마시고 나면 이내 오줌이 마려워진다. 만도는 길가에 아무렇게나 쭈그리고 앉아서 고기 묶음을 입에 물려고 한다. 그것을 본 진수는,

"아부지, 그 고등어 이리 주이소."

한다.

팔이 하나밖에 없는 몸으로 물건을 손에 든 채 소변을 볼 순 없는 것이다. 아버지가 볼일을 마칠 때까지 진수는 저만큼 떨어져 서서 지팡이를 한쪽 손에 모아 쥐고, 다른 손으로는 고등

어를 들고 있었다. 볼일을 다 본 만도는 얼른 가서 아들의 손에서 고등어를 다시 받아 든다.

개천 둑에 이르렀다. 외나무다리가 놓여 있는 그 시냇물이다. 진수는 슬그머니 걱정이 되었다. 물은 그렇게 깊은 것 같지 않지만, 밑바닥이 모래흙이어서 지팡이를 짚고 건너가기가 만만할 것 같지 않기 때문이다. 외나무다리는 도저히 건너갈 재주가 없고……. 진수는 하는 수 없이 둑에 퍼지르고 앉아서 바짓가랑이를 걷어 올리기 시작했다.

만도는 잠시 멀뚱히 서서 아들의 하는 양을 내려다보고 있다가,

"진수야, 그만두고, 자아, 업자."

하는 것이었다.

"업고 건느면 일이 다 되는 거 아니가. 자아, 이거 받아라."

고등어 묶음을 진수 앞으로 내민다.

진수는 픽 난처해하면서 못 이기는 듯이 그것을 받아 들었다. 만도는 등어리를 아들 앞에 갖다 대고 하나밖에 없는 팔을 뒤로 버쩍 내밀며,

"자아, 어서!"

했다.

진수는 지팡이와 고등어를 각각 한 손에 쥐고, 아버지의 등어리로 가서 슬그머니 업혔다. 만도는 팔뚝을 뒤로 돌리면서 아들의 하나뿐인 다리를 꼭 안았다. 그리고,

"팔로 내 목을 감아야 될 끼다."

했다.

진수는 무척 황송한* 듯 한쪽 눈을 찍 감으면서 고등어와 지팡이를 든 두 팔로 아버지의 목줄기를 부둥켜안았다.

만도는 아랫배에 힘을 주며 끙 하고 일어났다. 아랫도리가 약간 후들거렸으나 걸어갈 만은 했다. 외나무다리 위로 조심조심 발을 내디디며 만도는 속으로, 이제 새파랗게 젊은 놈이 벌써 이게 무슨 꼴이고. 세상을 잘못 만나서 진수 니 신세도 참 똥이다 똥. 이런 소리를 주워섬겼고, 아버지의 등에 업힌 진수는 곧장 미안스러운 얼굴을 하며,

'나꺼정 이렇게 되다니 아부지도 참 복도 더럽게 없지. 차라리 내가 죽어 버렸더라면 나았을 낀데…….'
하고 속으로 중얼거렸다.

만도는 아직 술기가 약간 있었으나, 용케 몸을 가누며 아들을 업고 외나무다리를 조심조심 건너가는 것이었다.

눈앞에 우뚝 솟은 용머리재가 이 광경을 가만히 내려다보고 있었다.

〔1957〕

● 황송하다 분에 넘쳐 고맙고도 송구하다.

1 다음은 이 소설 속 중심인물과 가상 인터뷰를 한 내용이다. 괄호 안을 채워 가며 작품의 시대 상황을 파악해 보자.

> **기자** 오늘은 「수난 이대」의 주인공 박만도 씨와 인터뷰를 하겠습니다. 안녕하세요?
>
> **만도** 안녕하십니꺼. 불러 주셔서 억수로 영광입니더.
>
> **기자** 우선 일제 강점기에 강제로 (　　)되어 일을 하다가 사고당하셨다고 들었는데요. 그때 이야기 좀 들려주시죠. 어떤 일을 하셨나요?
>
> **만도** 섬에다가 비행장을 닦는 일이었습니더. 숨 막히는 더위와 강제 노동으로 하루하루가 죽을 것 같았습니더. (　　)의 비행기가 날아와 폭격을 하니까 일본군 비행기를 집어넣을 굴을 팠지예. 그러던 중 (　　)을 당해 결국 팔 하나를 잃게 됐습니더.
>
> **기자** 지금 말씀해 주신 상황은 제2차 세계 대전 중 아시아 지역에서 일본과 연합군이 벌인 (　　　　)과 관련이 있군요. 일본이 강제로 징용해 간 한국인 수가 66만 7천 명이 넘는다고 하니, 정말 많은 분들이 고생하셨습니다.
>
> **만도** 그렇지예. 하지만 마, 다 지난 일이지예.
>
> **기자** 그렇다면 어르신 삶에서 가장 힘들었던 시기는 그때였나요?
>
> **만도** 어데예. 지 팔 하나 없어지 삐린 거는 아무것도 아니라예. 그보담도 우리 아들이 한쪽 다리 잃고 돌아왔을 땐 정말 딱 죽고 싶습디더. 젊은이들이 (　　)에 참전했다가 (　　)한 사람이 수두룩한데, 우리 진수가 살아 돌아온다는 통지를 받고 우찌나 좋던지. 근데예, 플랫폼에서 바람결에 펄럭이는 그놈의 바짓가랑이를 봤을 땐 그저 멍하기만 하다가 코허리가 찡해지면서 눈물이 왈칵 쏟아집디더.
>
> **기자** 아, 그러셨군요. 두 분 모두 무척 가슴 아프셨겠습니다.
>
> **만도** 그래도 우야겠습니꺼. 산목숨은 살아야지예. 앞으로 집에 앉아서 할 일은 진수 가가 하고, 나댕기메 할 일은 아버지인 지가 하면서 힘을 합쳐 잘 살아 볼랍니더.
>
> **기자** 네, 두 분 모두 용기 잃지 않고 힘내서 살아가시길 진심으로 기원합니다. 지금까지 솔직한 이야기 들려주셔서 감사합니다.

2 이 소설 속 '만도'와 '진수'가 겪은 일을 비교해 보고 두 사람이 처한 현실의 공통점을 파악해 보자.

인물	인물이 처한 상황		공통점
만도 (아버지)		→	
진수 (아들)			

3 활동 2를 참고하여 소설의 제목 '수난 이대'에 담긴 의미를 말해 보자.

4 다음 장면을 참고하여 작품에 등장한 소재의 의미를 파악해 보자.

- 장거리를 찾아가는 것이었다. 진수가 돌아오는데 **고등어**나 한 손 사 가지고 가야 될 게 아닌가 싶어서였다. 장날은 아니었으나, 고깃전에 는 없는 고기가 없었다. 이것을 살까 하면 저것이 좋아 보이고, 그것 을 사러 가면 또 그 옆의 것이 먹음직해 보였다. 한참 이리저리 서성 거리다가 결국은 고등어 한 손이었다.

- 진수는 지팡이와 고등어를 각각 한 손에 쥐고, 아버지의 등어리로 가 서 슬그머니 업혔다. 만도는 팔뚝을 뒤로 돌리면서 아들의 하나뿐인 다리를 꼭 안았다. 그리고, "팔로 내 목을 감아야 될 끼다." 했다. 진 수는 무척 황송한 듯 한쪽 눈을 찍 감으면서 고등어와 지팡이를 든 두 팔로 아버지의 목줄기를 부둥켜안았다. 만도는 아랫배에 힘을 주 며 끙 하고 일어났다. (중략) 만도는 아직 술기가 약간 있었으나, 용 케 몸을 가누며 아들을 업고 **외나무다리**를 조심조심 건너가는 것이었 다. 눈앞에 우뚝 솟은 용머리재가 이 광경을 가만히 내려다보고 있 었다.

소재	의미
고등어	
외나무다리	

5 '만도'라는 인물의 성격과 그에게서 배울 점을 밝혀 보고, 내가 그의 입장이 되었더라면 어떠했을지 써 보자.

만도의 성격	
만도에게 배울 점	

내가 만도의 입장이 되었더라면?

허생전

박지원

박지원

조선 후기에 활동한 실학자 겸 소설가. 1737년에 태어나 1805년에 세상을 떠났다. 호는 '연암'이다. 중국 청나라의 문물을 보고 돌아와 『열하일기』라는 기행문집을 저술하여 유려한 문장과 진보적 사상으로 이름을 떨쳤다. 청나라의 선진 문물제도와 생활 양식을 받아들이자는 북학론을 주장했다. 양반 계층의 허위, 부패, 무능 등을 풍자하고 고발한 한문 단편 소설 「양반전」 「허생전」 「호질」 등을 지었다.

읽기 전에 ....

교복이나 휴대 전화는 여러분이 가장 많이 이용하는 물건이지만 정작 그 시장에는 선택의 여지가 별로 없습니다. 몇 안 되는 업체가 시장 대부분을 차지하고 있기 때문이죠. 셋 이하의 기업이 시장 점유율 75퍼센트 이상을 차지하는 경우를 과점, 하나의 기업이 50퍼센트 이상을 차지하는 경우를 독점이라고 합니다. 현재 우리나라에서는 독과점으로 서민들이 피해를 입는 일이 발생하지 않도록 공정 거래법으로 규제하고 있습니다. 농업을 장려하고 상업을 억제한 탓에 시장의 기능이 매우 약했던 조선 시대에는 사정이 어땠을까요? 허생의 행적을 따라가면서 조선 후기의 사회 모습을 상상해 보고 오늘날과 비교해 봅시다.

1

허생은 남산 아래 묵적골에 살았다. 남산 밑 골짜기로 곧장 가면 우물 위쪽에 해묵은 은행나무가 한 그루 서 있고, 사립문 하나가 그 은행나무 쪽으로 늘 열려 있다. 집이라고 해 봐야 비바람에 다 쓰러져 가는 초가집, 그 집이 바로 허생의 집이었다.

허생은 집에 비가 새고 바람이 드는 것도 아랑곳 않고 글 읽기만 좋아하였다. 그래서 아내가 삯바느질을 해서 그날그날 겨우 입에 풀칠을 하는 처지였다.

어느 날 허생의 아내가 배고픈 것을 참다 못해 훌쩍훌쩍 울며 푸념을 하였다.

"당신은 평생 과거도 보러 가지 않으면서 대체 글은 읽어 뭘 하시렵니까?"

그러나 허생은 아무렇지도 않게 껄껄 웃으며 말하였다.

"내가 아직 글이 서툴러 그렇소."

"그럼 공장이˚ 노릇도 못 한단 말입니까?"

˚공장이 수공업에 종사하는 사람.

"배우지 않은 공장이 노릇을 어떻게 한단 말이오?"

"그러면 장사치 노릇이라도 하시지요."

"가진 밑천이 없는데 장사치 노릇을 어떻게 한단 말이오?"

그러자 아내가 왈칵 역정을 내었다.

"당신은 밤낮 글만 읽더니, 겨우 '어떻게 한단 말이오.' 소리만 배웠나 보구려. 공장이 노릇도 못 한다, 장사치 노릇도 못 한다, 그럼 하다못해 도둑질이라도 해야 할 것 아니오?"

허생은 이 말을 듣고 책장을 덮어 치우고 벌떡 일어났다.

"아깝구나! 내가 애초에 글을 읽기 시작할 때 꼭 십 년을 채우려 했는데, 이제 겨우 칠 년밖에 안 되었으니 어쩔거나!"

허생은 그길로 문밖으로 나섰다. 그러나 서울 장안에 아는 사람이라고는 한 사람도 없었다. 허생은 곧장 종로 네거리로 가서 아무나 길 가는 사람을 붙들고 물었다.

"여보시오, 서울 장안에서 누가 제일 부자요?"

때마침 그 사람이 변씨 성을 가진 부자를 일러 주었다. 허생은 그길로 변 부자를 찾아가 예를 갖춘 뒤에 한마디로 잘라 말하였다.

"내가 집이 가난해서 뭘 좀 해 보고 싶은데 밑천이 없구려. 돈 만 냥만 빌려주시오."

"그러시오."

변 부자는 대뜸 그 자리에서 만 냥을 내주었다. 허생은 돈을 받더니, 고맙다는 인사 한마디 없이 가지고 나왔다.

그때 변 부자 집에는 자식과 손님들이 많이 모여 있었다. 허생을 보니, 그 몰골이 영락없는 거지였다. 선비랍시고 허리에 띠를 두르기는 하였지만 술이 다 빠졌고, 가죽신은 신었지만 굽이 다 닳아 빠졌다. 낡아 빠진 갓에다 댓국물이 줄줄 흐르는 두루마기를 걸치고, 허연 콧물까지 훌쩍거리는 품이 거지 중에도 상거지였다.

허생이 휭허케[*] 나가고 나자 모두들 어리둥절해서 물었다.

"저 사람을 아시나요?"

"모르지."

"아니, 그렇다면 누군지 알지도 못하는 사람한테 선뜻 만 냥을 내주셨단 말입니까? 이름 석 자도 묻지 않고!"

변 부자는 천연덕스럽게 말하였다.

"자네들이 나설 일이 아닐세. 대체로 남에게 돈을 빌리러 오는 사람은 으레 이것저것 늘어놓으면서 자기 뜻이 크고 넓다고 과장을 하게 마련이지. 약속은 꼭 지키겠다느니 어쩌겠다느니 비굴한 얼굴로 중언부언하면서[*] 말이야. 그런데 저 사람은 옷과 신발은 비록 허술하지만, 말이 간단할 뿐 아니라 눈망울이 또록또록하고, 얼굴에는 부끄럽거나 비겁한 구석이 전혀 없네. 재물 같은 건 없어도 스스로 만족하고 사는 사람임에 틀림없어. 분명 그 사람이 한번 해 보고 싶다는 것도 쩨쩨한 일

- 휭허케 휭하니. 중도에서 지체하지 않고 곧장 빠르게 가는 모양.
- 중언부언하다 이미 한 말을 자꾸 되풀이하다.

은 아닐 게야. 그래서 그 사람을 한번 시험해 보려는 거야. 안 줄 거라면 모르지만 이왕 줄 바에야 이름은 알아서 뭐 하겠나."

2

허생은 변 부자에게 만 냥을 얻어 가지고 집에는 들르지도 않고 곧장 안성으로 내려갔다.

"안성은 경기도와 전라도의 갈림길에다 충청도, 전라도, 경상도의 길목이렷다!"

허생은 그다음 날부터 시장에 나가서 대추, 밤, 감, 배, 석류, 귤, 유자 따위 과일이란 과일은 몽땅 사들였다. 파는 사람이 부르는 대로 값을 다 주고, 팔지 않는 사람에게는 값을 배로 주고 사들였다. 그리고 사는 족족 창고 깊숙이 넣어 두었다.

얼마 안 가서 나라 안의 과일이란 과일은 모두 동이 나 버렸다. 잔치나 제사를 지내려고 해도 과일이 없으니 상을 제대로 차릴 수가 없었다. 이렇게 되니, 과일 장수들은 너나없이 허생 한테 몰려와서 제발 과일 좀 팔라고 통사정을 하였다. 결국 허생은 처음 값의 열 배를 받고 과일을 되팔았다.

"허허, 겨우 만 냥으로 나라의 경제를 흔들어 놓았으니, 이 나라 형편이 어떤지 알 만하구나."

허생은 이렇게 탄식하고는 또 칼, 호미, 실이며 베, 솜 따위를 모조리 사들여 제주도로 건너갔다. 그리고 그것을 팔아 말총[*]이란 말총은 모두 거두어들였다. 말총은 갓과 망건[*]을 만드는 재료였다.

"몇 해 못 가서 이 나라 사람들은 모두 머리를 싸매지 못할 게야."

과연 얼마 가지 않아 나라의 갓과 망건 값이 열 배로 훌쩍 뛰었다. 그렇게 해서 허생은 엄청난 돈을 긁어모으게 되었다.

어느 날 허생은 바닷가로 나가 늙은 뱃사공을 붙잡고 은근히 물었다.

"영감, 혹시 바다 멀리 사람이 살 만한 빈 섬 하나 없던가?"

"있습지요. 제가 언젠가 큰 바람을 만나 서쪽 바다로 줄곧 사흘 밤낮을 가다가 한 섬에 닿았습지요. 아마 사문[*]과 장기[*]의 중간쯤 될 겁니다. 꽃과 잎이 저절로 피어나고 과실과 오이가 철 따라 익고, 사슴이 떼 지어 몰려다니고, 물고기가 사람을 보고도 놀라지 않더이다."

허생은 뱃사공의 말을 듣고 더없이 기뻤다.

"자네가 나를 그곳으로 인도해 준다면 평생 동안 함께 부귀를 누릴 걸세."

뱃사공은 흔쾌히 허생의 말을 따랐다.

뱃사공은 허생을 태우고 줄곧 배를 몰아 마침내 그 섬에 이

- 말총 말의 갈기나 꼬리의 털.
- 망건 상투를 튼 사람이 머리카락을 걷어 올려 흘러내리지 않도록 머리에 두르는 그물처럼 생긴 물건.
- 사문 중국의 마카오.
- 장기 일본의 나가사키.

르렀다. 허생은 섬에서 가장 높은 곳으로 올라가 사방을 둘러보고는 썩 마음에 내키지 않다는 듯 이렇게 말하였다.

"땅이 천 리도 채 못 되니 여기서 무엇을 한단 말인가. 그렇지만 땅이 기름지고 물이 좋으니 아쉬운 대로 부잣집 늙은이 노릇은 할 수 있겠구나."

"텅 빈 섬에 사람이라곤 하나도 없는데 대체 누구와 더불어 산단 말씀이오?"

뱃사공이 고개를 갸웃거리며 물었다.

"덕이 있으면 사람이야 저절로 모이게 마련이지. 덕 없는 것이 두렵지 사람 없는 것이야 걱정할 게 있나."

3

이때 전라도 변산에는 떼도둑이 천 명씩이나 우글거리고 있었다. 나라에서는 각 지방에서 군사를 뽑아 올려 도둑을 잡으려고 무진 애를 썼지만 속수무책이었다. 도둑들도 군사들이 진을 치고 있으니 깊은 산속에 틀어박혀 나오지도 못하고 곧 굶어 죽을 판이었다.

허생은 변산으로 가서 도둑 떼의 산채를 찾았다. 그리고 그 우두머리를 만나 이렇게 물었다.

"너희들 천 명이 천 냥을 노략질해서 나누어 가진다면 한 사람 앞에 얼마씩 돌아가겠느냐?"

도둑의 우두머리는 누구를 바보로 아느냐는 듯 눈을 부라렸다.

"그거야 한 사람 앞에 한 냥씩이지, 얼마야."

"그럼 너희들에게 아내가 있느냐?"

"없어!"

"그럼 논밭은?"

"흥, 논밭 있고 마누라 있으면 도둑질은 왜 해!"

"정말 그렇다면, 왜 아내 얻고 집 짓고 소 사서 농사지을 궁리를 안 하느냐? 그러면 도둑놈이라는 더러운 말도 안 들을 테고, 아내와 자식 낳고 사는 재미가 절로 나고, 자기 마음대로 나돌아 다녀도 누구한테 잡혀갈 걱정도 없을 테니 얼마나 좋으냐? 그렇게 잘 먹고 잘살 수 있는 길을 두고 왜 이렇게 지낸단 말이냐?"

"허허, 누구 약 올리는 거냐, 지금! 누가 그걸 몰라서 이러고 있나. 돈이 없으니까 그렇지."

허생은 그제야 껄껄껄 웃으며 말하였다.

"명색이 도둑질을 한다면서 돈이 없다는 게 말이 되나? 정 그렇다면 내가 마련해 주지. 내일 바닷가에 나오면 붉은 깃발을 단 배들이 보일 게야. 모두 돈을 가득 실은 배지. 와서 자네들이 갖고 싶은 만큼 마음대로 가져가게."

허생은 이렇게 말한 뒤에 총총히 가 버렸다. 도둑들은 모두 허생을 미친놈이라고 비웃었다.

그러나 다음 날, 도둑들은 혹시나 하는 마음에 바닷가로 나가 보았다. 그런데 이게 웬일인가! 과연 붉은 깃발을 높이 올린 배가 여러 척 떠 있고, 배 위에서는 허생이 돈 삼십만 냥을 싣고 기다리고 있는 것이 아닌가.

도둑들은 놀라 뒤로 자빠질 지경이었다. 도둑들은 허생이 보통 사람이 아니라 생각하고 모두 넙죽넙죽 바닥에 엎드려 절을 하였다.

"그저 장군님의 분부대로 따르겠습니다."

"그래, 어디 너희들이 짊어질 수 있는 만큼 짊어지고 가 보아라."

허생의 말이 떨어지기 무섭게 도둑들은 돈 자루로 달려들었다. 그러나 마음뿐이지 기운깨나 쓴다는 놈들도 백 냥을 다 짊어지지 못하였다.

"백 냥도 채 짊어지지 못하는 놈들이 무슨 도둑질을 한단 말이냐? 그렇다고 이제 와서 평민으로 돌아가려 해도 너희들 이름이 이미 도둑 명부에 올라 있으니 어쩔 도리가 없구나. 오히려 잘되었다. 내 여기서 기다릴 테니, 한 사람 앞에 백 냥씩 가지고 가서 결혼할 여자와 소 한 마리씩을 구해 오너라."

허생의 말이 채 끝나기도 전에 도둑들은 "예이—." 하고는 저마다 돈 자루를 짊어지고 "얼쑤, 좋다." 하며 뿔뿔이 흩어졌다. 허생은 이천 명이 일 년 동안 먹을 양식을 마련해 가지고 도둑들을 기다렸다.

약속한 날짜에 맞추어 도둑들은 저마다 여자는 걸리고 소는 몰고, 또는 여자를 소 등에 태우고 돌아왔다. 허생은 이들을 모두 배에 태우고 빈 섬으로 갔다. 허생이 떼도둑을 한꺼번에 몽땅 쓸어가 버리니 나라 안은 하루아침에 씻은 듯이 조용해졌다.

허생과 함께 섬에 들어간 사람들은 저마다 나무를 베어 집을 짓고 대를 엮어 울타리를 세웠다. 빈 섬에 금세 큰 마을이 생겨난 것이다. 기름진 땅에 논밭을 일구고 씨를 뿌리니 온갖 곡식이 잘 자라서 김을 매지 않아도 한 줄기에 열매가 아홉 이삭씩 달렸다.

곡식을 거두어서는 삼 년 동안 먹을 양식을 저장하고 나머지는 모두 배에 싣고 장기도로 가서 팔았다. 장기도는 일본의 영토인데, 때마침 흉년이 든 참이라 가지고 간 양식을 모두 팔고은 백만 냥을 벌어 가지고 돌아왔다.

"이제야 뭘 좀 해 본 것 같구나."

허생은 가슴을 내밀어 숨을 크게 내쉬고는 섬에 사는 남녀 이천 명을 모두 한자리에 모이게 하였다.

"내가 처음 너희들과 함께 이 섬에 들어올 때에는 먼저 부자가 되게 한 다음, 문자도 새로 만들고 의관°도 새로이 정하려 하였다. 그러나 땅은 좁고 내 덕 또한 부족하니 나는 이제 여기를 떠나련다. 너희들은 아이를 낳거든 오른손으로 숟가락을 잡도록 가르치고, 또 하루라도 먼저 태어난 사람이 먼저 음식을 먹도록 양보하게 하여라."

° 의관 문물이 열리고 예의가 바른 풍속.

그러고는 자기가 타고 갈 배 한 척만 남겨 두고 나머지 배는 모두 불살라 버렸다.

"가지 않으면 오는 사람도 없겠지."

그리고 은 백만 냥 중 오십만 냥도 바닷속에 던져 버렸다.

"바다가 마르면 주워 갈 사람이 있겠지. 백만 냥이면 조선 땅 안에서도 다 써먹을 수 없는데, 하물며 이 조그만 섬에서 어디에 쓰랴."

마지막으로 글을 아는 사람들을 골라 모조리 배에 태우고 함께 조선으로 돌아왔다.

"글이란 모름지기 재앙의 근원이야. 이 섬에서 재앙의 뿌리를 없애 버려야지."

4

허생은 조선에 돌아오자마자 남은 오십만 냥을 가지고 나라 안을 두루 돌아다니며 가난하고 의지할 곳 없는 사람들을 도와주었다. 그러고도 십만 냥이나 남았다.

"이 돈으로 변 부자한테 빌린 돈을 갚아야겠다."

허생은 참으로 오랜만에 변 부자를 찾아갔다.

"나를 알아보시겠소?"

변 부자는 허생의 얼굴을 찬찬히 살펴보더니 말하였다.

"자네 얼굴빛이 전보다 조금도 나아진 것이 없으니 만 냥을 고스란히 잃은 모양이군."

허생은 껄껄껄 웃었다.

"재물 때문에 얼굴빛이 달라지는 것은 그대 같은 장사치들이나 하는 일이오. 돈 만 냥이 어찌 도(道)를 살찌울 수 있겠소."

그리고 선뜻 십만 냥을 변 부자 앞에 내놓으며 말하였다.

"내가 한때 굶주림을 견디지 못하여 글 읽기를 끝내지 못하고 그대에게 만 냥을 빌린 것이 부끄러울 뿐이오."

변 부자는 깜짝 놀라 일어나서 절을 하며 십만 냥을 사양하였다. 그리고 그때 빌려준 돈에다 십 분의 일의 이자만 덧붙여서 받겠다고 하였다.

그러자 허생은 화를 벌컥 내며,

"그대가 어찌 나를 장사치 취급한단 말인가!"

하고는 소매를 홱 뿌리치고 가 버렸다.

변 부자는 붙잡아 봐야 소용없을 줄 알고 가만히 허생의 뒤를 따라가 보았다. 허생은 곧장 남산 아래 골짜기로 들어가더니, 다 쓰러져 가는 초가집으로 들어갔다. 마침 한 할멈이 우물가에서 빨래를 하고 있었다.

"저 집이 누구 집이오?"

변 부자는 할멈에게 은근히 물었다.

"허 생원 댁이우. 가난한 살림에 늘 글만 읽더니 하루아침에 집을 나가 다섯 해가 지나도록 안 돌아온다우. 안사람이 혼자 남아 집 떠난 그날을 제삿날로 알고 제사를 지낸다우, 쯧쯧."

할멈은 혀를 끌끌 찼다.

변 부자는 그제야 그 손님의 성이 허씨라는 것을 알고 길게 한숨을 내쉬고 돌아갔다.

이튿날 변 부자는 받은 돈 십만 냥을 모두 가지고 가서 다시 돌려주려 하였다. 그러나 허생은 끝내 받지 않았다.

"내가 부자가 되고 싶었다면 굳이 백만 냥을 다 내버리고 이십만 냥만을 갖겠소. 정 그렇다면 내가 이제부터 그대에게 의탁하고* 밥을 먹겠으니, 자주 와서 나를 좀 돌봐 주시오. 그저 식구 수만큼 양식과 옷을 대어 주면 그만이오. 그 이상의 헛된 재물을 가지고 부질없이 마음을 괴롭히고 싶지 않소."

변 부자가 갖은 말로 허생을 설득하여 보았으나 허생은 끝끝내 듣지 않았다.

변 부자는 그때부터 허생의 집에 양식이나 옷이 떨어질 때가 되면 몸소 찾아가 도와주었다. 허생은 언제나 그것을 기쁘게 받아들였다. 그렇지만 조금이라도 많이 가지고 가면 금방 좋지 않은 기색을 내보였다.

"어째서 나한테 재앙을 떠안기려 하는 것이오?"

그러나 변 부자가 술병이라도 들고 가는 날이면 더욱 반가워하며 둘이서 권커니 잣거니 취하도록 마셨다.

몇 해를 이렇게 지내는 사이에 두 사람의 정은 날로 두터워져 갔다. 어느 날 변 부자가 내내 궁금해하던 것을 조용히 물

• 의탁하다 어떤 것에 몸이나 마음을 의지하여 맡기다.

었다.

"다섯 해 동안에 어떻게 백만 냥을 벌었소?"

"그건 어려운 일이 아니오. 우리 조선은 외국과 무역이 적고, 수레가 나라 안을 두루 돌아다니지 못하는 까닭에 모든 물건이 한자리에서 나고 한자리에서 소비되지요.

천 냥은 적은 돈이니 그 돈으로는 한 가지 물건을 몽땅 사들여 독점할 수는 없겠지. 하지만 그것을 백 냥씩 열로 쪼개면 열 가지 물건을 골고루 살 수가 있지. 단위가 적으면 그만큼 돈을 굴리기가 쉬우니 한 가지 물건에서 실패를 보더라도 다른 아홉 가지 물건으로 재미를 볼 수 있지 않겠소. 이게 바로 장사치들이 이익을 남기는 방법이 아니겠소.

그러나 만 냥을 가진다면 한 가지 물건을 모조리 독점해서 살 수 있지. 수레에 실린 물건이면 수레째로 몽땅 살 수 있고, 배에 실린 물건이면 배째로 몽땅 살 수 있고, 한 고을에 가득 찬 물건이면 온 고을을 통틀어 살 수 있지. 마치 그물로 한꺼번에 그러모으듯이 나라 안의 물건을 몽땅 사들일 수 있단 말이오. 이렇게 한 가지 물건을 독점해 버린다면, 그 물건이 동이 나면서 장사치들도 어떻게 손을 써 볼 도리가 없겠지.

그렇게 되면 값이 천정부지˚로 뛰는 게지. 그러니까 만 냥을 가지고 백만 냥을 버는 것은 어려운 일이 아니지요. 그러나 이

˚ 천정부지 천장을 알지 못한다는 뜻으로, 물가 따위가 한없이 오르기만 함을 비유적으로 이르는 말.

것은 백성들을 못살게 하는 방법이지. 만약 나랏일을 맡은 사람들이 이 방법을 쓴다면 나라는 곧 망하고 말 것이오."

변 부자는 가만히 다 듣고 나서 다시 물었다.

"그럼 어떻게 내가 만 냥을 선뜻 내어 줄 거라고 생각했소?"

허생은 대답하였다.

"그거야 하늘의 뜻에 달린 것이지 내가 어떻게 미리 알 수 있었겠소. 내 짐작으로 내 재주가 백만 냥을 모을 수 있다고 생각은 했지만, 일이 이루어지고 말고를 어찌 내 마음대로 할 수 있겠소. 그대가 내게 만 냥을 내어 준 것도, 내가 그 돈을 받아서 백만 냥을 번 것도 결국 하늘의 뜻에 달린 것이 아니겠소. 그러니 내 말을 들어준 그대는 복이 있는 사람이오. 더욱 더 큰 부자가 되라는 하늘의 뜻이지. 만약 내가 이 일을 사사로이 했다면 일이 어떻게 되었을지 어찌 알겠소."

변 부자는 허생의 말을 듣고 참으로 감탄하지 않을 수 없었다. 자기 같은 장사치들은 도저히 상상도 못 할 배포요 도량이었다. 변 부자는 허생 같은 선비가 초야˚에 묻혀 있는 것이 안타까웠다.

"바야흐로 지금 사대부˚들은 남한산성의 치욕˚을 씻으려 하고 있소. 지금이야말로 지혜로운 선비가 팔뚝을 걷어붙이고

˚초야 풀이 난 들이라는 뜻으로, 아주 구석지고 으슥한 시골을 이르는 말.
˚사대부 벼슬이나 문벌이 높은 집안의 사람.
˚남한산성의 치욕 병자호란 때 남한산성에 피해 있던 인조가 몸소 삼전도에 나와 청나라 태종에게 항복을 하고, 청나라에 대하여 신하의 예를 갖추겠다는 굴욕적인 강화 조약을 맺은 일을 가리킴.

나설 때가 아니오? 그런 재주를 가지고 어째서 괴롭게 파묻혀 지낸단 말이오?"

"어허, 예로부터 묻혀 지낸 사람이 어디 한둘이오? 지금도 신기하고 뛰어난 재주를 가지고도 때를 만나지 못하여 산속과 바닷가에 묻혀 세월을 보내는 사람이 많지요. 그러니 오늘날 국정을 맡은 자들의 그릇을 알 만하지 않소. 나는 장사에 재주가 있는 사람으로서 내가 번 돈이 구왕*의 머리를 살 수 있을 만큼은 되었지요. 그러나 그것을 그냥 바닷속에 던져 버리고 온 것은 마땅히 써먹을 데가 없기 때문이었소."

변 부자는 허생의 말을 듣고는 길게 한숨을 쉬고 돌아갔다.

5

변 부자는 오래전부터 이완과 친분이 있는 사이였다. 때마침 이완이 어영대장*이 되어 변 부자를 찾아왔다.

"혹시 백성들 중에 신기한 재주를 숨기고 있어서 함께 큰일*을 해 볼 만한 사람이 없던가?"

변 부자는 즉시 허생의 이야기를 해 주었다. 변 부자의 말을

들고 난 이 대장은 깜짝 놀라 물었다.

"놀랍구나! 정말 그런 사람이 있단 말인가? 그래, 그 사람 이름이 뭐라고 하던가?"

"소인이 그 사람과 삼 년을 가까이 지냈는데 아직도 그 이름을 모르고 있습니다. 그냥 허씨 성을 가졌다는 것밖에 모릅니다."

"그 사람 보통 사람이 아닌 게 틀림없네. 우리 한번 함께 가 보세."

밤이 되자 이 대장은 수행하는 병졸들을 모두 물리치고 변 부자와 단둘이 허생의 집을 찾아갔다.

변 부자는 이 대장을 잠시 사립문 밖에 기다리게 하고 혼자 안으로 들어가 허생에게 이 대장이 몸소 찾아온 이유를 이야기하였다.

허생은 변 부자의 말을 들은 체 만 체 하였다.

"차고 온 술병이나 어서 내놓으시오."

변 부자는 하는 수 없이 술병을 풀어 둘이서 잔을 주고받았다. 그러나 변 부자는 술을 마시면서도 문밖에 세워 둔 이 대장에게 마음이 쓰였다. 그래서 거듭 이야기를 하였지만, 허생은 도무지 아랑곳하지 않았다.

어느덧 밤이 깊었다. 그제야 허생은,

"손님을 좀 불러 볼까?"

하였다.

그러나 이 대장이 방으로 들어와도 허생은 자리에서 일어나지도 않았다. 이 대장은 몸 둘 바를 몰라 하다가 서둘러 나라에서 큰일에 쓸 인재를 구하고 있다는 말을 장황하게 늘어놓았다. 허생은 이 대장의 입을 막기라도 하듯 손을 내저었다.

"밤은 짧은데 말이 길어서 듣기에 참 지루하군. 그래, 지금 그대의 벼슬이 뭐요?"

"어영대장입니다."

"그래요? 그렇다면 나라에서는 믿을 만한 신하겠군. 내가 제갈공명* 같은 사람을 추천할 테니 임금께 아뢰어 삼고초려*하시게 할 수 있겠소?"

이 대장은 고개를 숙이고 한참 생각하더니 대답하였다.

"그건 어렵겠습니다. 임금께서 친히 거둥하시는* 일이 어찌 쉽겠습니까? 차라리 그다음 계책을 듣고자 합니다."

"나는 원래 두 번째라는 것은 모르오."

허생은 딱 잘라 말한 뒤, 다시 입을 열지 않고 술잔만 기울였다. 그러나 이 대장이 옆에 붙어 앉아 거듭거듭 묻자 마지못한 듯 말문을 열었다.

"조선이 옛날 명나라에 입은 은혜*가 있다고 해서, 명나라가 청나라에 망한 뒤에 명나라의 많은 자손들이 우리나라로 망명해 와 떠돌아다니며 살고 있다고 들었소. 그대가 조정에 청하

- 제갈공명 제갈량. 중국 삼국 시대 촉한의 뛰어난 군사 전략가.
- 삼고초려 인재를 맞아들이기 위하여 여러 번 찾아가 예를 다하는 일. 촉한의 유비가 난양에 은거하고 있던 제갈량의 초가집으로 세 번이나 찾아가 간청한 끝에 스승으로 모신 일에서 비롯된 말.
- 거둥하다 임금이 나들이하다.
- 조선이 옛날 명나라에 입은 은혜 임진왜란 때 명나라가 조선에 구원병을 보내 준 것을 가리킴.

여 종실*의 딸들을 그 사람들에게 시집보내고 세도가들의 재산을 빼앗아 그 사람들에게 나누어 줄 수 있겠소?"

이 대장은 또 고개를 숙이고 한참을 생각하더니 입을 열었다.

"어렵겠습니다. 지체 높은 종실의 어른들이 어찌 하고많은 신랑감을 두고 귀한 딸을 나라도 없이 떠도는 자들에게 시집보내겠습니까?"

"이것도 어렵다 저것도 어렵다, 도대체 그럼 뭘 할 수 있단 말이오? 그럼 아주 쉬운 일이 한 가지 있는데 할 수 있겠소?"

"그 말씀을 듣고자 합니다."

"무릇 천하를 도모하고자 한다면 먼저 호걸*들과 사귀지 않으면 안 될 것이요, 남의 나라를 치고자 한다면 첩자를 보내지 않고는 성공할 수 없는 법이오. 지금 청나라가 천하의 주인이라고는 하지만 중국 사람들*과는 친하지 못한 판이니, 다른 나라보다 먼저 항복을 한 우리나라를 제일 믿고 있을 게 아니오? 그러니 우리가 당나라, 원나라 때처럼 우리나라 젊은이들을 청나라에 유학 보내어 벼슬도 하고, 상인들도 자유로이 왕래할 수 있도록 해 달라고 하면 우리의 청을 기쁘게 받아들일 것이오. 그러면 나라 안에서 젊은이들을 뽑아 되놈*처럼 변발*을

• 종실 임금의 친족.
• 호걸 지혜와 용기가 뛰어나고 기개와 풍모가 있는 사람.
• 중국 사람들 중국 본토에서 예로부터 살아온, 중국의 중심이 되는 종족인 '한족'을 가리킨다.
• 되놈 청나라 사람을 낮잡아 이르던 말.
• 변발 청나라를 세운 만주족의 풍습으로, 남자의 머리를 뒷부분만 남기고 나머지 부분을 깎아 뒤로 길게 땋아 늘임.

시키고 되놈 옷을 입혀 들여보내, 그중 선비들은 빈공과*를 보도록 하고 장사치들은 멀리 강남*에까지 들어가 그들의 실정을 정탐하게 하는 거요. 그러면서 그곳의 호걸들과도 사귀게 한다면, 그때 비로소 천하를 도모하여 병자호란의 치욕을 씻을 수 있을 것이오."

이 대장은 얼빠진 듯 가만히 듣고 있다가 겨우 입을 열었다.

"사대부들이 모두 몸을 삼가고 예법을 지키는 마당에, 누가 제 자식의 머리를 깎고 되놈 옷을 입히겠습니까?"

그러자 허생이 자리를 박차고 일어나 버럭 화를 내었다.

"그 사대부란 놈들이 도대체 어떤 놈들이냐? 의복은 온통 희게만 입으니 이것은 상(喪) 당한 사람의 옷차림이요, 머리털을 한데 묶어 송곳처럼 상투를 트니 이것은 남쪽 오랑캐들의 풍습이 아니냐? 그러면서 무슨 예법이네 어쩌네 하면서 주둥이를 놀린단 말이냐? 그뿐이냐? 장차 말타기, 칼 쓰기, 창 찌르기, 활쏘기에 돌팔매질까지도 익혀야 할 판국에 그 넓은 소매 옷을 고쳐 입을 생각은 않고 예법만 찾는단 말이냐? 내가 벌써 세 가지씩이나 그 방도를 일러 주었는데 한 가지도 행하지 못한다니, 그러면서도 네가 신임받는 신하라고 할 수 있느냐? 너 같은 자는 당장 목을 베어야 마땅하리라."

허생은 좌우를 돌아보며 칼을 찾아 찔러 죽일 태세였다. 이

•

대장은 엉겁결에 놀라 일어나서 뒷문을 차고 나가 뒤도 안 돌아보고 달아났다.

　다음 날 이 대장이 다시 허생의 집을 찾았으나, 집은 이미 텅 비고 허생은 온데간데없었다.

장철문 옮김

1 '허생'의 행적을 따라 소설 속 사건을 요약해 보자.

허생의 집	글만 읽던 허생이 가난한 살림에 지친 아내의 말을 듣고 집을 나서다.

⬇

변 부자의 집	시험해 보려는 것이 있다며 서울 장안의 변 부자에게 만 냥을 빌리다.

⬇

안성	충청도, ( ), ( )의 길목이 되는 안성으로 내려가 ( ) 큰돈을 벌다.

⬇

( )	( )로 가서 ( )을 사들였다가 ( ) 엄청난 돈을 벌다.

⬇

빈 섬	도적 떼를 데리고 빈 섬에 들어가 농사를 짓고, 남은 식량을 배에 싣고 ( ) 돈을 벌다.

⬇

뭍	뭍으로 돌아와 그동안 번 돈으로 ( ) 변 부자에게 빌린 돈을 열 배로 갚다.

⬇

허생의 집	이완 대장에게 천하를 도모할 세 가지 계책을 제안하고 사라지다.

2 다음 허생의 말을 통해 당시 사회의 경제 상황을 유추하여 빈칸을 채워 보자.

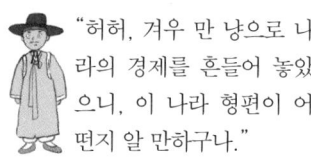

"허허, 겨우 만 냥으로 나라의 경제를 흔들어 놓았으니, 이 나라 형편이 어떤지 알 만하구나."

➡ 조선의 □□ 규모가 작고 기반이 □□해서 작은 충격에도 휘청했다.

3 허생이 이완에게 계책을 제안하는 장면을 드라마 대본으로 다시 쓰고자 한다. 이 작품의 작가가 비판하고자 하는 생각이 드러나도록 빈칸에 적당한 말을 넣어 보자.

허생과 이완 대장이 마주 앉아 대화를 나눈다. 방 안은 어둡다.

허생 (엄한 표정으로) 숨은 인재를 등용하기 위해 임금이 □□□□하도록 하시오.

이완 (곤란한 표정으로) 임금 체면에 삼고초려는 불가하오. 그리고 조정에서 지지하지 않는 인재를 등용할 만큼 임금은 힘이 없소.

허생 예와 법도를 따지는 분들이 명나라에 은혜를 갚아야 한다고 하시니 좋은 방도가 있소. 청나라를 세운 만주족을 피해 조선 땅으로 들어온 명나라 후예들에게 종실의 딸들을 내어주고, □□□들의 □□을 몰수하여 나눠 주시오.

이완 (더 곤란한 표정으로) 아무리 명나라의 후예라 해도 우리와 다른 피를 가진 민족이오. 누가 사위 삼으려 하겠소. 심지어 재산을 내놓으라니오. 가당치 않소.

허생 지피지기면 백전백승이라 했소. 청나라를 치려면 그들이 먼저 우리를 믿도록 해야 하오. 사대부의 자제를 뽑아 □□을 시키고 오랑캐 복장을 입혀 □□□에 보내 신임을 얻게 하시오.

이완 (고개를 가로저으며) 조선 사대부의 예법이 있는데, 어찌 되놈의 머리 모양을 하고 옷을 입으라 하시오. 말도 안 되오.

허생 (크게 화를 내며) 조선의 사대부들은 진짜 북벌을 할 의지가 있는 거요? 없는데 떠들기만 하는 거요? □□과 □□만 앞세우는 사대부들이 한심하오. 일찍이 공자께서 말뿐인 사람을 나무라며 언행일치를 강조하셨거늘, 사대부라는 자들이 입으로만 나불거리다니 부끄러운 줄 아시오.

4 아래 법을 위반한 죄로 허생이 현대판 법정에 섰다. 검사의 기소와 변호인의 변론
을 듣고, 허생이 유죄인지 무죄인지 혹은 일부 유죄인지 판결해 보자.

물가안정에 관한 법률 제7조(매점매석 행위의 금지)
사업자는 폭리를 목적으로 물품을 매점(買占)하거나 판매를 기피하는
행위로서 기획재정부장관이 물가의 안정을 해칠 우려가 있다고 인정
하여 매점매석 행위로 지정한 행위를 하여서는 아니 된다.

한국은행법 제53조의2(주화의 훼손 금지)
누구든지 한국은행의 허가 없이 영리를 목적으로 주화를 다른 용도로
사용하기 위하여 융해·분쇄·압착 또는 그 밖의 방법으로 훼손해서는
아니 된다.

허생은 유죄인가 무죄인가	
검사의 기소	재판장님, 허생은 폭리를 목적으로 과일과 말총을 매점한 후 판매하지 않아 가격 폭등을 주도했습니다. 이는 결국 물가를 폭등시켜 시장 경제에 악영향을 주고 서민 경제를 파탄으로 몰고 갔습니다. 또한 국가가 발행한 화폐를 바닷물에 던져 다량으로 없앰으로써 시장에 돈이 돌지 않게 했고, 이는 경기 침체로 이어졌습니다. 허생은 물가안정에 관한 법률 제7조, 한국은행법 제53조의2를 모두 위반했으므로 징역 5년과 오만 냥의 벌금형에 처해 주시기 바랍니다.
변호사의 변론	재판장님, 허생이 과일과 말총을 매점매석한 행위는 인정하나 그 목적이 폭리에 있다고 볼 수 없습니다. 이는 경제에 대한 실험을 마친 후 남은 돈을 바다에 버린 행위를 통해 입증 가능합니다. 또한 주화를 훼손한 것도 영리를 목적으로 한 것이 아니므로 주화의 훼손 금지법에도 해당하지 않습니다. 그러므로 허생은 무죄입니다.
판사의 선고	

박씨전

~~~~~~~~

지은이 모름

읽기 전에 ···················

이 세상에서 시험, 공부, 숙제라는 말이 모두 사라진다면? 내가 어마어마한 부자가 된다면? 내가 우리 학교에서 인기를 한 몸에 받게 된다면? 이런 일이 꼭 실제로 이루어지지 않아도 좋아요. 즐거운 상상을 하는 것만으로도 위안을 얻을 수 있으니까요. 여기 남성이 사회의 중심이었던 조선 시대에 뛰어난 능력을 갖고 나타난 여성의 이야기가 있습니다. 그 당시로서는 보기 드문 여성 영웅 '박씨 부인'을 통해 힘겨운 현실 속에서 평범한 사람들은 어떤 꿈을 꾸었으며, 그러한 꿈을 가로막는 어려움은 무엇이었을지 생각해 봅시다.

앞부분의 줄거리

조선 인조 때, 이 상공(相公, 재상)의 아들 이시백은 어려서부터 매우 영리하고 지혜롭고 용맹하기까지 하여 그의 이름이 널리 알려지게 된다. 어느 날 찢어진 옷에 허름한 갓을 쓴 박 처사(處士)가 이 상공의 집에 찾아가 이시백과 자신의 딸을 혼인시키자고 청한다. 박 처사의 갑작스러운 청혼에 놀란 이 상공은 그의 신비한 재주를 보고 감탄하여 둘의 혼인을 허락한다. 그러나 박 처사의 딸과 혼례를 치른 이시백은 박씨의 얼굴이 너무 못생긴 것을 알고 박씨를 쳐다볼 생각조차 하지 않는다. 박씨는 남편의 냉대와 집안사람들의 구박을 받으며 하루하루를 외로움과 시름 속에서 지낸다. 그러다가 박씨는 집안에서 유일하게 자신을 아끼는 시아버지 이 상공에게 청하여 뒤뜰에 피화당(避禍堂)이라고 이름 붙인 작은 초가집을 짓고 여종 계화와 함께 외롭게 살아간다.

• 처사 벼슬을 하지 않고 시골에 묻혀 살던 선비.
• 피화당 화를 피할 수 있는 집.

시절이 태평하고 농사는 풍년이 들어 백성들의 삶이 더욱 편안해졌다. 이때 나라에서는 인재를 구하고자 과거를 열었는데, 시백 역시 이 과거를 치르기로 하였다.

시백이 과거를 보기로 한 날 밤, 박씨는 꿈 하나를 꾸었다. 뒤뜰 연못 가운데 꽃이 활짝 피어 있는데, 그 꽃 위로는 벌과 나비가 날아오르고 꽃 아래에는 백옥으로 만든 연적*이 놓여 있었다. 그런데 갑자기 그 연적이 청룡으로 변하더니 푸른 바다 위를 노닐다가 여의주를 얻어 구름을 타고 백옥경*으로 올라갔다. 놀란 박씨가 잠에서 깨어나니 한바탕 꿈이었다.

잠에서 깨어난 박씨는 더 이상 잠을 이루지 못하고 이런저런 생각에 잠겼다. 어느덧 동방이 밝아 오는 것을 보고 박씨는 급히 밖으로 나왔다. 연못에 다가가니 과연 꽃 아래 연적이 놓여 있는데, 꿈속에서 본 바로 그 연적이었다. 반가운 마음에 연적을 방에 갖다 놓고 계화를 불렀다.

"급히 가서 서방님을 모셔 오너라."

이 말을 들은 시백은 정색을 하며 꾸짖었다.

"무슨 일이 있기에 감히 장부의 과것길을 지체케 한단 말이냐?"

추상같이* 고함을 지르니 계화가 무안한 마음으로 돌아와 박씨에게 그 말을 전했다.

---

* 연적 벼루에 먹을 갈 때 쓰는, 물을 담아 두는 그릇.
* 백옥경 하늘 위에 옥황상제가 산다고 하는 곳.
* 추상같이 호령 등이 위엄이 있고 서슬이 푸르게.

"잠깐만 들어오시면 좋은 일이 있을 것이니, 한 번의 수고를 아끼지 마시라 전해라."

시백은 이 말을 듣고 더 크게 화를 냈다.

"요망한 계집이 장부의 과것길을 말리다니, 이런 당돌한 일이 어디 있겠는가?"

얼굴이 붉으락푸르락하더니 계화를 잡아서 매 삼십 대를 때려 물리쳤다. 계화가 돌아와 매 맞은 이야기를 하자 박씨가 하늘을 우러러 눈물을 흘렸다.

"슬프다. 나로 인해 죄 없는 네가 매를 맞았구나. 이렇게 안타까운 일이 어디 있단 말이냐?"

슬프게 탄식한 뒤 계화에게 연적을 주며 시백에게 말을 전했다.

"이 연적의 물로 먹을 갈아 글을 지어 바치면 장원 급제할 것입니다. 크게 출세하여 이름을 떨치거든 부모님께 영화[•]를 보이고 가문을 빛내십시오. 그런 후 나같이 복 없는 사람은 생각하지 말고, 이름난 집안의 아름다운 여자를 얻어 함께 평생 사십시오."

계화에게 이 말을 들은 시백이 연적을 들어 찬찬히 살펴보니 천하에 둘도 없는 보배였다. 시백은 마음속으로 깨달은 바가 있어, 지난 일을 뉘우치며 매 맞은 계화를 위로하고 박씨에게 말을 전했다.

• 영화 몸이 귀하게 되어 이름이 세상에 빛남.

"이미 지난 일은 어쩔 수 없으니 부인의 넓은 아량으로 다 풀어 버리시오. 태평한 시절을 만나 평생 함께하기를 바랍니다."

시백은 연적을 품에 안고 과거장에 들어가 글제가 내리기를 기다렸다. 잠시 후 '강구(康衢)에 문동요(聞童謠)'라는 글제가 내렸다. 시백이 박씨가 준 연적의 물을 부어 먹을 갈아 황모무심필(黃毛無心筆)을 반쯤 흠뻑 적신 후 한달음에 써 내려가니 가히 고칠 것이 없었다. 제일 먼저 글을 바치고 방이 내리기를 기다렸다. 잠시 후 방이 걸렸는데, '한성부에 사는 이득춘의 아들 시백'이라 쓰여 있었다. 장원 급제였다.

이윽고 춘당대 높은 곳에서 새로 장원 급제한 사람을 부르는 소리가 장안을 진동했다. 시백이 대궐로 들어가 임금께 인사를 올리니, 임금이 좌우를 물리친 뒤 시백을 가까이 불렀다. 시백을 한참 동안 살피던 임금이 크게 칭찬하며 당부했다.

"부디 훌륭한 신하가 되어 나라를 위해 충성을 다하라."

시백은 감사의 절을 드리고 물러나 집으로 향했다. 어사화를 꽂고 금과 옥으로 된 띠를 두르고 말 위에 앉은 시백의 모습은 너무나 찬란하고 당당했다. 시백 일행은 청색 홍색의 깃발을 앞세우고 삼현 육각(三絃六角)을 울리며 장안 큰길로 나섰다.

• 강구에 문동요 '번화한 거리에서 아이들의 노래를 듣다.'라는 뜻으로, 태평한 시절을 말함.
• 황모무심필 족제비의 꼬리털로 매고, 다른 털로 속을 박지 않은 붓. 흔히 좋은 붓을 일컬을 때 쓰는 말.
• 춘당대 서울 창경궁 안에 있는 대. 옛날에 과거를 실시하던 곳.
• 어사화 조선 시대에, 문무과에 급제한 사람에게 임금이 하사하던 종이꽃.

때는 바야흐로 춘삼월 호시절, 만물은 흐드러지게 피어나 빼어난 경치를 자랑하고 있었다. 소년 급제한 시백의 옥 같은 얼굴은 아름다운 봄 경치와 어우러져 하늘 나라의 신선과 같았다. 장안의 백성들이 앞다투어 구경하며 칭찬하는 말이 거리거리에 넘쳐흘렀다.

집에 돌아와서는 다시 풍악을 갖추고 잔치를 크게 베풀었다. 잔치에 참석한 여러 재상이 너도나도 상공에게 축하 인사를 드렸고, 상공도 술잔을 돌리며 마음껏 즐거움을 누렸다. 이윽고 날이 저물어 파연곡(罷宴曲)˙ 소리가 울려 퍼지고 손님들은 모두 집으로 들어갔다.

상공이 시백과 함께 내당(內堂)으로 들어가 촛불을 밝히고 낮을 이어 즐기려 했지만, 얼굴에 나타난 서운한 빛을 감출 수는 없었다. 얼굴 못난 며느리가 손님 보기를 부끄러워하여 피화당에서 나오지 않았기 때문이다. 상공이 서운해하는 모습을 본 부인이 물었다.

"오늘 이 경사는 평생에 두 번 보지 못할 경사입니다. 이런 날, 대감의 낯빛이 좋지 않은 것은 무슨 까닭입니까? 추한 박씨가 이 자리에 없어서 그런 것입니까? 참으로 우습습니다."

상공은 즉시 얼굴빛을 고치고 엄숙하게 말했다.

"부인의 소견이 아무리 얕고 짧다고 한들, 어찌 그렇게 가벼

˙삼현 육각 피리가 둘, 대금, 해금, 장구, 북이 각각 하나씩 편성되는 관현악.
˙파연곡 잔치를 끝낼 때에 부르는 노래나 연주하는 음악.

운 말을 하는 것이오? 며느리의 신통한 재주는 옛날 제갈공명의 부인 황씨를 누를 것이고, 뛰어난 덕행은 주나라의 임사(姙姒)*에 비할 것이오. 우리 가문에 과분한 며느리이거늘, 부인은 다만 생김새만 보고 속에 품은 재주는 생각하지 않으시니 그저 답답할 따름이오."

박씨 곁에는 계화만이 남아 잔치에도 참석하지 못하고 적막한 초당에 앉아 있는 박씨를 위로했다.

"그간 서방님은 한번도 부인께 정을 주지 않으셨고, 대부인의 박대마저 심해 이렇게 밤낮으로 홀로 지내고 계십니다. 집안의 대소사에 참여하지 못할 뿐 아니라 오늘같이 기쁜 날에도 독수공방*만 하고 계시니, 곁에서 지켜보는 소인조차도 슬픔을 이길 수 없을 듯합니다."

"사람의 길흉화복은 하늘에 달린 것이라 인력으로는 어찌할수 없다. 그러기에 탕왕은 하나라 걸(桀)*에게 갇힘을 당하고 문왕도 유리옥*에 갇혔으며, 공자 같은 성인도 진채*에게 욕을 보신 것이 아니겠느냐? 하물며 아녀자가 되어 어찌 남편의 사랑만 기다리고 있겠느냐? 그저 분수를 지키며 하늘의 뜻을 기다리는 것이 옳을 터이니, 다시는 그런 말을 하지 말아라. 혹

---

* 임사 중국 주나라 문왕의 어머니 태임(太姙)과 무왕의 어머니 태사(太姒)를 아울러 일컫는 말.
* 독수공방 아내가 남편 없이 혼자 지내는 것.
* 걸 중국 하나라의 마지막 왕. 후에 은나라를 창건하여 탕왕이 된 성탕을 경계하여 감옥에 가둔 폭군.
* 유리옥 중국 은나라 때의 감옥. 은나라의 주왕이 주나라의 문왕을 가두었던 곳.
* 진채 중국 춘추 시대의 진나라와 채나라. 공자는 진나라와 채나라에서 보낸 사람들에게 포위되어 7일 동안 굶주리며 고초를 겪었음.

바깥 사람들이 들으면 나의 행실을 천하다 할 것이다."

　박씨가 오히려 담담하게 말하니, 계화는 부인의 너그럽고 어진 마음에 탄복했다.

　어느 날, 박씨가 상공에게 말했다.

　"제가 출가한 이후 오래도록 친가 소식을 알지 못하고 있습니다. 오랜만에 부친을 찾아뵙고자 하오니, 잠깐 다녀올 수 있도록 허락해 주시기 바랍니다."

　"이곳에서 금강산까지는 수백 리 험한 길이라 남자들도 자주 출입하기 어렵다. 하물며 규중˙ 여자의 몸으로 어찌 가겠느냐?"

　"험한 길 다니기가 어려운 줄 알지만, 부득이 가 볼 일이 있습니다. 염려 마시고 허락해 주십시오."

　"네 뜻이 그렇다면 말리지는 못하겠구나. 내일 채비˙를 해 줄 테니 부디 무사히 다녀오너라."

　"채비는 차릴 것 없습니다. 저 혼자 며칠 내로 다녀올 것이오니 번거로운 말씀 마십시오."

　상공이 며느리의 재주를 알고 허락은 했지만, 속으로는 걱정이 되어 잠자리가 편안하지 않았다.

　다음 날, 날이 밝자마자 박씨는 집을 나섰다. 피화당 뜰에 나

● 규중 부녀자가 거처하는 곳.
● 채비 어떤 일을 하려고 필요한 것을 미리 갖추어 차리는 것.

와 두어 걸음을 걷는가 싶더니 어느새 몸을 날려 구름을 타고 자취를 감추었다. 잠깐 만에 금강산에 다다라 부친께 절을 하고 문안을 드리니, 처사가 박씨의 손을 잡고 반겼다.

"너를 시가에 보낸 후 너의 기박한° 운명을 생각하며 눈물 흘리지 않은 날이 없었다. 하지만 이는 하늘에 매인 바요, 사람의 힘으로 어찌하지 못하는 것이다. 이제 너의 액운°은 다했다. 앞으로는 네 앞날에 행복만이 무한할 것이니, 너무 슬퍼하지 말고 잠깐만 쉬다 가거라. 내 이달 십오 일에 너의 시댁으로 갈 것이니라."

박씨는 금강산에서 며칠을 머문 뒤 다시 구름을 타고 잠깐 만에 피화당으로 돌아왔다. 그길로 상공을 뵙고 문안 인사를 드리니, 상공은 놀라움과 기쁨을 감추지 못했다.

"너의 신기한 술법은 귀신도 측량하지 못하겠구나. 네 아버님은 편히 계시더냐?"

"아직은 한결같으십니다. 아버님께서 이달 십오 일에 이곳으로 오신다고 합니다."

이 말을 들은 상공은 처사가 오기만을 손꼽아 기다렸다.

처사가 오기로 한 날이 되었다. 상공은 집 안을 정결하게 하고 옷을 단정하게 입은 뒤 홀로 바깥채에 앉아 박 처사를 기다렸다. 오래지 않아 오색구름이 영롱해지며 맑은 옥피리 소리

° 기박하다 팔자, 운수 등이 사납고 복이 없다.

° 액운 나쁜 일을 당할 운수.

가 구름 밖에서 들려왔다. 상공이 창에 기대어 멀리 바라보니, 한 신선이 백학을 타고 오색구름 사이로 내려왔다. 자세히 보니 그가 바로 박 처사였다.

상공이 옷깃을 여미고 뜰아래 내려가 처사를 맞았다. 시백 역시 의관을 갖추고 처사에게 문안을 드렸다. 처사가 시백의 손을 잡고 상공에게 축하 인사를 건넸다.

"영랑(令郞)˙이 뛰어난 재주로 과거에 급제했으니 이 같은 경사는 다시 없을 줄 압니다. 그간 제가 시골에 있는 관계로 아직 축하 인사를 드리지 못했습니다."

상공이 술과 안주를 내어 대접하며 처사와 함께 그간 만나지 못한 회포˙를 풀었다. 술이 반쯤 줄어들고 분위기가 무르익어 갈 무렵, 상공이 어두운 낯빛으로 처사에게 말했다.

"귀한 손님을 뵈니 반가운 마음은 예사롭고 죄송한 마음은 산과 바다와 같습니다."

"무슨 말씀이신지요?"

"내 자식이 어리석다 보니 어진 아내를 푸대접하여 부부간의 즐거움을 알지 못하고 있습니다. 제가 늘 타이르곤 하지만 자식이 끝내 아비의 말을 듣지 않더군요. 처사 대하기가 민망할 따름입니다."

처사가 급히 손사래를 쳤다.

˙영랑 윗사람의 아들을 높여 부르는 말.
˙회포 마음속에 품은 생각이나 정.

"상공께서는 제 못난 딸을 더럽다 않으시고 지금까지 슬하[*]에 두셨습니다. 그 넓으신 덕에 감사할 따름이온데 이렇게 말씀하시니 오히려 송구합니다."

"예사롭지 않은 며늘애가 늘 외롭고 힘들게 지내기에 드리는 말씀입니다."

"사람의 팔자와 길흉화복은 다 하늘에 달린 것입니다. 어찌 그리 지나친 걱정을 하십니까?"

처사가 담담하게 말하니 상공도 미안한 마음을 조금 덜 수 있었다.

이후 상공은 처사와 더불어 날마다 바둑을 두기도 하고 또 피리도 불면서 즐겁게 지냈다.

하루는 처사가 후원으로 들어가 딸을 불러 앉혔다.

"너의 액운이 다 끝났으니 누추한 허물을 벗어라."

처사는 허물을 벗고 변화하는 술법을 딸에게 가르친 뒤 말했다.

"허물을 벗거든 버리지 말고 시아버지에게 옥으로 된 함을 짜 달라고 해서 그 속에 넣어 두거라."

그러고는 딸과 함께 정담을 나누다가 밖으로 나와 상공에게 작별 인사를 드렸다. 상공이 못내 섭섭해하며 만류했지만 처사는 듣지 않았다. 할 수 없이 한잔 술로 작별을 고하고 문밖으로 나가 전송했다.

---

[*] 슬하 무릎의 아래라는 뜻으로, 주로 부모의 보호를 받는 테두리 안을 이름.

"지금 헤어지면 다시 만나기 어려울 것입니다. 늘 건강하시고 복을 누리시기 바랍니다."

상공이 깜짝 놀라며 물었다.

"그것이 무슨 말씀입니까?"

"이제 상공과 이별하고 산에 들어가면 다시 속세로 나오지 못할 듯하여 드리는 말씀입니다."

상공이 슬프게 작별 인사를 하니, 처사는 학을 타고 공중에 올라가 오색구름을 헤치며 나아갔다. 잠시 후 구름이 걷혔는데 처사가 간 곳은 보이지 않았다.

그날 밤, 박씨는 몸을 깨끗이 씻은 뒤 둔갑술을 부려 허물을 벗었다.

날이 밝은 후, 박씨는 계화를 불렀다. 계화가 들어가 보니 전에 없던 절세가인[*]이 방 안에 앉아 있었다. 여인의 얼굴은 아름답기 그지없었으며, 그 태도는 너무도 기이했다. 월궁항아(月宮姮娥)나 무산선녀(巫山仙女)[*]라도 따르지 못할 듯했고, 서시와 양귀비[*]도 미치지 못할 정도였다.

중략 줄거리

박씨가 허물을 벗고 꽃다운 모습으로 변하자 이시백은 그동안 아내를 박절하게 대했던 것을 뉘우친다. 온 집 안에 기쁨이

* 절세가인 세상에 견줄 만한 사람이 없을 정도로 뛰어나게 아름다운 여인.
* 월궁항아나 무산선녀 중국 전설 속 아름다운 선녀.
* 서시와 양귀비 중국 역사 속 이름난 미인들을 일컬음.

넘쳐흐르고 가족 간의 정은 날로 깊어 간다. 한편 이시백은 평안 감사가 되어 백성들에게 어진 정치를 베풀어 병조 판서에 제수된다. 그후 이시백은 임경업과 함께 청나라를 위협하던 가달국을 물리치고, 그 공으로 우의정 벼슬을 받게 된다. 그런데 조선 장수의 도움으로 위기를 벗어난 청나라는 세력이 점점 커지자 그 은혜를 잊고 조선을 침범한다. 조선은 임경업을 피해 동쪽으로 쳐들어온 청나라 장수 용골대, 용울대 형제에게 꼼짝없이 당하고, 임금은 간신히 남한산성으로 피신하지만 결국 항복한다. 적장 용울대는 한양에 군사를 주둔시키고 장안을 샅샅이 뒤지다가 여자들이 피신해 있는 피화당을 발견하고 달려든다. 이때 피화당 뜰에 심어진 무수한 나무들이 갑옷을 입은 군사로 변하여 용울대 일행을 에워싸는 가운데 박씨를 대신해 나선 계화는 용울대의 목숨을 거둔다.

　용골대는 항서(降書)*를 받아 한양 성내로 들어갔다. 그때 장안을 지키던 군사가 급히 보고를 했다.

　"용 장군이 여자의 손에 죽었습니다."

　이 말을 들은 용골대는 대성통곡을 했다.

　"내 이미 조선 왕의 항복을 받았거늘, 누가 감히 내 아우를 해쳤단 말인가? 이 땅은 이제 내 손안에 있으니 원수를 갚기는 어렵지 않을 것이다. 어서 그 집으로 가자."

• 항서 항복을 인정하는 문서.

서릿발같이 군사를 재촉하여 우의정의 집에 이르니, 후원 나무 위에 용울대의 머리가 걸려 있었다. 이를 본 용골대는 더욱 분노하여 칼을 들고 말을 몰아 집 안으로 들어가려 했다. 그때 도원수 한유가 피화당에 심어 놓은 무수한 나무를 보고 깜짝 놀라 황급히 용골대의 앞을 가로막았다.

"장군, 잠시 분을 누르고 내 말을 들으시오. 초당의 사면에 심어진 나무를 보니 범상치 않은 기운이 느껴지는구려. 옛날 제갈공명의 팔문금사진(八門金蛇陣)과 사마양저의 오행금사진(五行金蛇陣)을 겸했으니, 함부로 들어갔다가는 큰 화를 당할 것 같소. 장군의 동생은 위험한 곳을 모르고 남을 경멸하다가 목숨을 재촉한 것인데 누구를 원망하겠소? 장군도 옛날 육손(陸遜)이 어복포(魚腹浦)에서 제갈공명의 팔진도에 갇혀 고생하던 일을 모르지 않을 것이오. 험한 곳이니 들어가지 마시오."

용골대는 끓어오르는 분을 참지 못해 칼로 땅을 두드리며 탄식했다.

"그러면 울대의 원수를 어떻게 갚을 수 있단 말입니까? 만리타국에 우리 형제가 같이 나와서 비록 대사를 이루었다 하지만, 동생을 죽인 원수를 갚지 못하면 결코 돌아갈 수 없습니다."

• 팔문금사진 제갈공명이 여덟 개의 문을 이용해 만들었다는 진.
• 오행금사진 중국 춘추 시대의 장군 사마양저가 만물을 생성하고 변화시키는 다섯 가지 원소인 오행을 이용해 만들었다는 진.
• 육손 중국 삼국 시대 오나라의 정치가. 촉한과 위나라의 침공을 여러 차례 격퇴하여 오나라를 지켜 냄.

"그대가 잠시의 분을 참지 못한 채 힘만 믿고 저런 험한 곳에 들어간다면, 원수를 갚기는 고사하고 목숨조차 보전하지 못할 것이오. 잠깐 진정하고 그 신기한 재주를 살펴보도록 하시오."

용골대가 다시 투덜거렸다.

"도대체 신기한 재주라는 것이 무엇입니까? 다 소용없습니다. 한 나라의 대장으로 멀리 조선에 나와 이제 임금의 항복까지 받았는데, 무엇을 두려워하고 무엇을 겁내겠습니까?"

한유가 가소롭다는 듯이 용골대를 돌아보았다.

"비록 억만 대병을 몰아 들어간다 해도 그 안은 감히 엿보지 못하고 군사는 하나도 살아 돌아올 수 없을 것이오. 하물며 저 험한 곳에 홀로 들어가고자 하니 그렇게 하고 어찌 살기를 바라겠소? 이는 스스로 화를 부르는 일이오. 그토록 식견이 부족한데 어찌 한 나라의 대장 노릇을 하겠소이까?"

머쓱해진 용골대가 감히 피화당에 들어가지 못하고 군사들만 다그쳤다.

"나무를 둘러싸고 불을 놓아라."

용골대의 명령에 군사들은 불을 놓기 위해 집을 에워쌌다. 그러자 갑자기 오색구름이 자욱한 가운데 나무들이 무수한 군사로 변하더니 북소리, 고함 소리가 천지를 진동했다. 수많은 용과 호랑이는 서로 머리를 맞대고 바람과 구름을 크게 일으키며 오랑캐 군사들을 겹겹이 에워쌌다. 천지가 아득한 가운데 나뭇가지와 잎은 깃발과 창칼로 변했다. 하늘에서는 신장

(神將)들이 긴 창과 큰 칼을 들고 내려와 적군을 몰아쳤다. 사면에 울음소리가 낭자하여 산천이 무너지는 듯했다. 오랑캐 군사들은 신장의 호령 소리에 넋을 잃고 허둥거리다 밟혀 죽는 자가 그 수를 알 수 없을 정도였다.

당황한 용골대는 급히 군사를 뒤로 물렸다. 그제야 하늘이 맑아지며 살벌한 소리가 그치고 신장들이 사라졌다. 오랑캐 장수와 군사들이 정신을 수습하여 다시 칼을 들고 쳐들어가려 했다. 그러자 이번에는 맑은 날이 순식간에 다시 어두워지며 구름과 안개가 자욱하여 지척을 분간하지 못할 지경이 되었다. 상황이 이쯤 되자 용골대 역시 감히 집 안으로 들어가지는 못하고 용울대의 머리만 쳐다보며 탄식할 뿐이었다.

이때 나무 사이로 한 여자가 나타났다.

"어리석은 용골대야! 네 동생 용울대가 내 칼에 놀란 혼이 되었는데, 너까지 내 칼에 죽고 싶어 이렇게 찾아왔느냐?"

용골대는 이 말을 듣고 분을 참을 수 없었다.

"대체 어떤 계집이 감히 장부를 희롱하느냐? 불행하게도 내 동생이 네 손에 죽었지만, 나는 이미 조선 임금의 항서를 받은 몸이다. 이제 너희들도 우리나라 백성인데, 어찌 우리를 해치려 하느냐? 나라가 무엇인지도 모르는 여자로구나. 살려 두어도 쓸데가 없으니 나와서 내 칼을 받아라."

계화가 들은 척도 하지 않고 계속해서 용울대의 머리만 가리키면서 조롱을 하였다.

"나는 충렬부인*의 시비* 계화다. 너야말로 참으로 가련한 사내로구나. 네 동생 용울대도 내 손에 죽었는데, 너 역시 나같이 연약한 여자 하나 당하지 못해 그렇듯 분통해하느냐? 참으로 가련한 놈이로다."

용골대는 끓어오르는 화를 참지 못하고, 쇠로 만든 활에 왜전(矮箭)*을 먹여 쏘았다. 하지만 계화를 맞히기는커녕 예닐곱 걸음 앞에 가 떨어져 버렸다. 화가 머리끝까지 치밀어 오른 용골대가 다시 군사를 몰아쳤다.

"모든 군사는 한꺼번에 화살을 쏘아라."

명령을 들은 군사들이 앞다투어 화살을 쏘았지만 역시 하나도 맞히지 못했다. 화살만 허비한 채 가슴이 막혀 어찌할 바를 모르고 있던 용골대는 황급히 김자점을 불렀다.

"너희도 이제 우리나라의 백성이다. 얼른 도성의 군사들을 뽑아서 저 팔문금사진을 깨뜨리고 박씨와 계화를 잡아들여라. 만일 거역한다면 군법에 따라 처벌할 것이다."

서릿발 같은 명령을 내리자 김자점이 겁먹은 소리로 대답했다.

"어찌 장군의 명령을 거역하겠습니까?"

---

* 충렬부인 청나라에서 보낸 자객 기홍대를 신기한 계책으로 물리친 박씨에게 임금이 내린 칭호.
* 시비 곁에서 시중을 드는 계집종.
* 왜전 길이가 짧은 화살.

김자점은 급히 군사를 모아 대포 한 방을 쏜 뒤 팔문금사진을 에워쌌다. 그런데 갑자기 그 진이 변하여 백여 길이나 되는 늪이 되었다. 갑작스러운 일에 당황하던 용골대는 꾀를 내어, 군사들에게 팔문진 사방의 둘레에 못을 파게 한 뒤 화약을 묻게 했다.

"너희가 아무리 천 가지로 변화하는 술수*를 가졌다고 한들 오늘이야말로 어찌 살기를 바랄까? 목숨이 아깝거든 바로 나와 몸을 던져라."

피화당을 향해 무수히 욕을 했지만 고요한 정적만 흐를 뿐 집 안에서는 아무 소리도 들리지 않았다. 용골대가 군사들에게 명령하여 일시에 불을 지르니, 화약 터지는 소리가 산천을 무너뜨릴 것 같았다. 사면에서 불이 일어나 불빛이 하늘을 가득 메웠다.

이때, 박씨 부인이 옥으로 된 발을 걷고 나와 손에 옥화선*을 쥐고 불을 향해 부쳤다. 그러자 갑자기 큰바람이 불면서 불기운이 오히려 오랑캐 진영을 덮쳤다. 오랑캐 장졸들이 불꽃 한가운데에서 천지를 분별하지 못한 채 넋을 잃고 허둥거리다가 무수히 짓밟혀 죽었다. 순식간에 피화당 근처는 아수라장이 되었다.

용골대는 크게 놀라 급히 물러났다.

●술수 술책. 어떤 일을 꾸미는 꾀나 방법.
●옥화선 옥으로 깎아 만든 불부채.

"한 번의 싸움에 이겨서 항복을 받았으니 이미 큰 공을 세웠거늘, 부질없이 조그마한 계집을 시험하다가 장졸들만 다 죽이게 되었구나. 이런 절통하고˙ 분한 일이 어디 있단 말인가?"

통곡을 하며 몸부림쳤지만 더 이상 어찌할 도리가 없었다.

"우리 임금이 장졸을 전장에 보내시고 칠 년 가뭄에 비 기다리듯 기다리실 텐데, 무슨 면목으로 임금을 뵙는단 말인가? 우리 재주로는 도저히 감당을 못 할 듯하니 이제라도 그냥 돌아가는 것이 좋겠구나."

모든 장수와 군사가 용골대의 말에 살길을 찾은 듯 안도의 한숨을 내쉬었다.

용골대가 모든 장졸을 뒤로 물린 후, 왕비와 세자, 대군을 모시고 장안의 재물과 미녀를 거두어 돌아갈 채비를 꾸렸다. 오랑캐에게 잡혀가는 사람들의 슬픈 울음소리가 장안을 진동했다.

박씨가 계화를 시켜 용골대에게 소리쳤다.

"무지한 오랑캐 놈들아! 내 말을 들어라. 조선의 운수가 사나워 은혜도 모르는 너희에게 패배를 당했지만, 왕비는 데려가지 못할 것이다. 만일 그런 뜻을 둔다면 내 너희를 몰살할 것이니 당장 왕비를 모셔 오너라."

하지만 용골대는 오히려 코웃음을 날렸다.

"참으로 가소롭구나. 우리는 이미 조선 왕의 항서를 받았다. 데려가고 안 데려가고는 우리 뜻에 달린 일이니, 그런 말은 입

• 절통하다 뼈에 사무치도록 원통하다.

밖에 내지도 마라."

오히려 욕설만 무수히 퍼붓고 듣지 않자 계화가 다시 소리 쳤다.

"너희의 뜻이 진실로 그러하다면 이제 내 재주를 한 번 더 보여 주겠다."

계화가 주문을 외자 문득 공중에서 두 줄기 무지개가 일어나 며 모진 비가 천지를 뒤덮을 듯 쏟아졌다. 뒤이어 얼음이 얼고 그 위로는 흰 눈이 날리니, 오랑캐 군사들의 말발굽이 땅에 붙 어 한 걸음도 옮기지 못하게 되었다. 그제야 용골대는 사태가 예사롭지 않음을 깨달았다.

"당초 우리 왕비께서 분부하시기를 장안에 신인(神人)이 있 을 것이니 이시백의 후원을 범치 말라 하셨는데, 과연 그것이 틀린 말이 아니었구나. 지금이라도 부인에게 빌어 무사히 돌 아가는 편이 낫겠다."

용골대가 갑옷을 벗고 창칼을 버린 뒤 무릎을 꿇고 애걸했다.

"소장이 천하를 두루 다니다 조선까지 나왔지만, 지금까지 무릎을 꿇은 적은 한 번도 없었습니다. 이제 부인 앞에 무릎을 꿇어 비나이다. 부인의 명대로 왕비는 모셔 가지 않을 것이니, 부디 길을 열어 무사히 돌아가게 해 주십시오."

무수히 애원하자 그제야 박씨가 발을 걷고 나왔다.

"원래는 너희들의 씨도 남기지 않고 모두 죽이려 했었다. 하

• 신인 신과 같이 신령하고 숭고한 사람.

지만 내가 사람 목숨 죽이는 것을 좋아하지 않기에 용서하는 것이니, 네 말대로 왕비는 모셔 가지 말아라. 너희들이 부득이 세자와 대군을 모셔 간다면 그 또한 하늘의 뜻이기에 거역하지 못하겠구나. 부디 조심하여 모셔 가라. 그렇게 하지 않으면 신장과 갑옷 입은 군사를 몰아 너희들을 다 죽인 뒤, 너희 국왕을 사로잡아 분함을 풀고 무죄한 백성까지 남기지 않을 것이다. 나는 앉아 있어도 모든 일을 알 수 있다. 부디 내 말을 명심하여라."

오랑캐 병사들은 황급히 머리를 조아리고 용골대는 다시 애원을 했다.

"말씀드리기 황송하오나 소장 아우의 머리를 내주시면, 부인의 태산 같은 은혜를 잊지 않을 것이옵니다."

하지만 박씨는 고개를 저었다.

"듣거라. 옛날 조양자*는 옻칠한 지백*의 머리로 술잔을 만들어 진양성에서 패한 원수를 갚았다 하더구나. 우리도 용울대의 머리로 술잔을 만들어 남한산성에서 패한 분을 조금이라도 풀 것이다. 아무리 애걸을 해도 그렇게는 하지 못하겠다."

이 말을 들은 용골대는 그저 용울대의 머리를 보고 통곡할 수밖에 없었다. 어쩔 도리 없이 하직하고 행군하려 하는데 박씨가 다시 용골대를 불렀다.

• 조양자 중국 전국 시대 초기 조나라의 제후.
• 지백 중국 춘추 시대 진나라 사람으로 조양자를 공격했지만 패배함.

"너희들이 그냥 가기는 섭섭할 듯하니 의주로 가서 경업 장군을 뵙고 가라."

'우리는 이미 조선 임금의 항서를 받았다. 경업이 아무리 훌륭한 장수라 한들 이제 와서 어찌하겠는가?'

용골대는 박씨의 속내를 모르고, 이런 생각을 하면서 하직 인사를 했다. 이어 빼앗은 금과 은을 장졸들에게 나누어 준 뒤 세자와 대군, 그리고 포로들을 데리고 길을 떠났다. 잡혀가는 부인들은 하늘을 우러러 통곡하며 울부짖었다.

"박씨 부인은 무슨 재주로 화를 면하고 고국에 안전하게 있으며, 우리는 무슨 죄로 만리타국˙에 잡혀가는가? 이제 가면 삶과 죽음을 기약할 수 없을 것인데, 어느 때 고국산천을 다시 볼 수 있으리오?"

박씨는 땅바닥을 치며 통곡하는 부인들을 달랬다.

"여러 부인은 슬픔을 진정하고 내 말을 들으십시오. 세상사는 곧 고진감래(苦盡甘來)˙요 흥진비래(興盡悲來)˙라 합니다. 너무 서러워하지 마시고 평안히 가 계시면, 삼 년 후에 우리 세자와 대군, 그리고 그대들을 데려올 사람들이 있을 것입니다. 아무쪼록 너무 슬퍼하지 말고 몸성히 지내다가 삼 년 뒤 무사히 돌아오도록 하십시오."

˙만리타국 조국이나 고향에서 멀리 떨어져 있는 다른 나라.
˙고진감래 쓴 것이 다하면 단 것이 온다는 뜻으로, 고생 끝에 즐거움이 옴을 이르는 말.
˙흥진비래 즐거운 일이 다하면 슬픈 일이 닥쳐온다는 뜻으로, 세상일은 순환되는 것임을 이르는 말.

이 말을 들은 모든 부인이 울며불며 오랑캐 뒤를 따라갔다. 부인들의 슬프고 애틋한 모습은 차마 눈 뜨고 못 볼 지경이었다.

용골대는 포로와 군사를 거느리고 의기양양하게 의주를 향해 나아갔다. 북소리와 함성 소리에 천지가 흔들리고 드날리는 깃발과 창칼에 해가 그 빛을 잃을 지경이었다.

한편 임경업은 그동안 한양과 의주 사이에 연락이 끊겼다가, 오랑캐들이 침범했다는 소식을 뒤늦게 들었다. 끓어오르는 분노를 참지 못한 경업은 한양으로 가기 위해 군사를 이끌고 의주를 출발하려 했다. 바로 그때, 박씨의 말을 곧이듣고 의주로 들어오고 있는 용골대 일행과 맞닥뜨렸다.

이들이 오랑캐임을 한눈에 알아본 경업이 비호(飛虎)˙와 같이 달려들어 선봉 장수의 머리를 한칼에 베어 들고 거침없이 적군을 무찔렀다. 방심하고 있던 적군이 허둥거리며 흩어지니, 적군의 머리가 가을바람에 낙엽 지듯 떨어졌다. 한유와 용골대는 그제야 박씨의 계책에 빠져든 것을 알고 급히 군사를 뒤로 물렸다.

"부인이 의주로 가 임경업을 보라 한 것은 우리를 다시 치고자 함이었구나. 그 꾀를 어찌 당할 수 있겠는가?"

용골대가 하늘을 우러러 탄식을 했다.

경업이 한칼에 적진의 장졸들을 무수히 죽이고 바로 용골대를 치려 하는데, 용골대가 황급히 조선 왕의 항서를 경업에게

˙비호 나는 듯이 빠르게 달리는 호랑이.

건넸다.

항서를 뜯어 읽어 본 경업은 칼을 땅에 던지고 대성통곡을 했다.

"슬프다. 조정에 소인이 있어 나라를 망하게 했구나. 하늘은 어찌 이리도 무심한가?"

통곡을 하다가 분함을 이기지 못하여 다시 칼을 들고 적진으로 달려 들어갔다.

"네 나라가 지금까지 지탱한 것이 모두 나의 힘인 줄 어찌 모르느냐? 이 오랑캐들아! 너희가 하늘의 뜻을 어기고 우리나라에 들어와 이같이 악행을 저지르니, 마땅히 씨도 남기지 말고 없애 버려야 할 것이다. 하지만 우리나라의 운수가 불행하여 그렇게 된 일이고, 또 왕의 명령을 거역할 수 없으니 부득이 살려 보낼 수밖에 없구나. 부디 세자와 대군을 평안히 모시고 돌아가도록 하라."

한바탕 꾸짖은 후 돌려보내니, 그제야 오랑캐 장수들은 막힌 길을 뚫고 본국으로 돌아갔다.

뒷부분의 줄거리

조정으로 돌아온 임금은 동쪽을 지켜 적의 침입에 대비하라는 박씨의 말을 듣지 않은 것을 크게 뉘우치며 그녀에게 정렬부인*의 칭호를 내린다. 박씨의 충절과 덕행과 재주는 온 나라

---

*정렬부인 조선 시대에, 정조와 지조를 굳게 지킨 부인에게 내리던 칭호.

에 울려 퍼지고, 박씨는 이시백과 함께 행복한 여생을 누리다 생을 마감한다.

장재화 옮김

1 이 소설의 주요 사건을 시간순으로 정리한 것이다. 빈칸에 알맞은 말을 넣어 보자.

이 상공의 아들 이시백과 박 처사의 딸이 혼인하게 되었으나, 이시백
은 박씨의 얼굴이 너무 못생긴 것을 알고 대면조차 하지 않음. 박씨는
후원 □□□에서 홀로 지냄.

⬇

박씨가 건네준 □□을 사용해 과거 시험을 치른 이시백이 □□ □□
함. 박씨는 아버지 박 처사가 알려 준 대로 둔갑술을 부려 허물을 벗고
□□□□이 됨.

⬇

이시백이 박씨를 박대했던 지난 일을 뉘우치고, 부부간의 정이 날로
깊어짐. 한편 점점 세력이 커지던 □□□가 조선에 침입하여 나라는
위기에 빠짐.

⬇

박씨가 청나라 장수 □□□를 물리치자 그의 형 □□□가 동생의 원수
를 갚겠다며 피화당에 들이닥치지만, 박씨가 비범한 능력으로 □□
시킴.

⬇

박씨는 국난을 평정한 공을 인정받아 임금으로부터 □□□□의 칭호
를 받고 이시백과 행복한 여생을 보냄.

2 작품 속에서 '박씨'가 변신하기 전과 후 달라진 점을 비교해 보고, 여기에 투영된 조선 시대 여성들의 바람은 무엇이었을지 상상해 보자.

변신 전	변신 후
• 남편과 집안사람들의 구박을 받으며 외로움과 시름 속에 지냄. • 가정에서 뛰어난 능력을 발휘하지만 인정받지 못함.	• 온 집 안에 기쁨이 넘쳐흐르고 가족 간의 정은 날로 깊어 감. • 가정에서 인정받고 사회적으로 능력을 발휘하여 나라를 위기에서 구함.

조선 시대 여성들의 바람	

3 다음은 「박씨전」의 배경이 되는 역사적 사실과 「박씨전」의 내용을 비교한 것이다. 이것을 바탕으로 이 소설의 창작 의도를 유추해 보자.

역사적 사실	조선이 청나라의 침입을 받아 일어난 병자호란에서 크게 패하여 왕이 굴욕적인 항복을 함.
박씨전	박씨가 뛰어난 재주와 지략을 발휘하여, 용골대 형제가 이끈 청나라 군사들을 크게 물리침.

창작 의도

4 남존여비 사상이 삶을 뿌리 깊게 지배한 조선 시대에 여성을 영웅으로 묘사한 「박씨전」은 그 자체로 매우 파격적인 작품이다. 그럼에도 불구하고 이 작품에는 여성에 대한 의식의 한계를 보여 주는 부분들이 여전히 존재한다. 다음 글을 참고하여, 「박씨전」에서 여성 인물을 다루는 방식을 비판적으로 살펴보자.

> 아름다운 외모는 어느 시대를 막론하고 부러움의 대상이고 인간관계를 원활하게 만드는 요인이 될 수 있다. 좋은 인상을 주는 외모를 갖기 위해 노력하는 것은 자연스러운 일이지만, 문제는 지금 우리 사회가 외모에 지나치게 집중하고 있다는 것이다. 즉 외모가 개인 간의 우열, 인생의 성패를 좌우한다고 믿고 지나치게 집착하는 '외모 지상주의'의 경향까지 보이고 있다. 정도의 차이는 있지만 이제 남녀 구분 없이 청소년부터 성인에 이르기까지 누구든 외모로 평가받는 세상 속에서 끊임없이 자신의 외모를 관리해야 하는 힘겨운 현실과 마주하고 있다.

작품 출처 ●●

박지원　　「허생전」,『양반전 외』, 장철문 옮김, 창비 2004
양귀자　　「길모퉁이에서 만난 사람」,『길모퉁이에서 만난 사람』, 쓰다 2015(제3
　　　　　판)
전광용　　「꺼삐딴 리」,『20세기 한국소설 17』, 창비 2005
조정래　　「마술의 손」,『외면하는 벽』, 해냄 2012(제2판)
최일남　　「노새 두 마리」,『20세기 한국소설 23』, 창비 2005
하근찬　　「수난 이대」,『20세기 한국소설 18』, 창비 2005
황정은　　「초코맨의 사회」,『일곱시 삼십이분 코끼리열차』, 문학동네 2008
지은이 모름「박씨전」,『박씨전, 낭군 같은 남자들은 조금도 부럽지 않습니다』, 장
　　　　　재화 옮김, 휴머니스트 2013(개정판)

수록 교과서 보기 〜〜〜〜〜〜〜〜〜

지은이	작품명	수록 교과서
박지원	허생전	미래엔(신유식)3-2
양귀자	길모퉁이에서 만난 사람	천재(박영목)3-1
전광용	꺼삐딴 리	창비(이도영)3-2
		천재(박영목)3-2
조정래	마술의 손	동아(이은영)3-1
최일남	노새 두 마리	미래엔(신유식)3-1
		비상(김진수)3-2
하근찬	수난 이대	지학사(이삼형)3-1
		교학사(남미영)3-2
		금성(류수열)3-2
황정은	초코맨의 사회	지학사(이삼형)3-2
지은이 모름	박씨전(박씨 부인전)	천재(노미숙)3-1